Fabian Lenk
1000 Gefahren im Reich des Maharadschas

In der Reihe „1000 Gefahren" sind erschienen:

RTB 52339 · Vince Lahey, *Der Fluss der 1000 Gefahren*

RTB 52340 · Edward Packard, *Die Insel der 1000 Gefahren*

RTB 52343 · Edward Packard, *1000 Gefahren zur Geisterstunde*

RTB 52344 · R. A. Montgomery, *Der Urwald der 1000 Gefahren*

RTB 52345 · Fabian Lenk, *Das Meer der 1000 Gefahren*

RTB 52346 · Fabian Lenk, *Die Pyramide der 1000 Gefahren*

RTB 52361 · Fabian Lenk, *Das Fußballspiel der 1000 Gefahren*

RTB 52363 · Fabian Lenk, *Die Wüste der 1000 Gefahren*

RTB 52366 · Edward Packard, *1000 Gefahren im Weltall*

RTB 52385 · Frank Stieper, *Das U-Boot der 1000 Gefahren*

RTB 52396 · Fabian Lenk, *1000 Gefahren auf dem Piratenschiff*

RTB 52397 · Edward Packard, *1000 Gefahren im Strafraum*

RTB 52407 · Fabian Lenk, *1000 Gefahren im Gruselschloss*

RTB 52408 · Frank Stieper, *1000 Gefahren – Angriff der Roboterspinnen*

RTB 52426 · Frank Stieper, *Das Labor der 1000 Gefahren*

RTB 52437 · Frank Stieper, *1000 Gefahren im Internet*

RTB 52463 · Fabian Lenk, *1000 Gefahren in der Drachenhöhle*

RTB 52474 · Fabian Lenk, *1000 Gefahren bei den Rittern der Tafelrunde*

RTB 52475 · Edward Packard, *1000 Gefahren am Katastrophentag*

RTB 52498 · Fabian Lenk, *1000 Gefahren im alten Rom*

RTB 52499 · Fabian Lenk, *1000 Gefahren bei den Wikingern*

RTB 52500 · Fabian Lenk, *1000 Gefahren bei den Samurai*

RTB 52501 · Fabian Lenk, *1000 Gefahren im Reich des Pharao*

RTB 52516 · Fabian Lenk, *1000 Gefahren im Fußballstadion*

RTB 52526 · Fabian Lenk, *1000 Gefahren bei den Dinosauriern*

RTB 52541 · Fabian Lenk, *1000 Gefahren bei den Indianern*

RTB 52542 · Fabian Lenk, *1000 Gefahren im Reich des Maharadschas*

Fabian Lenk

1000 Gefahren im Reich des Maharadschas

Mit Illustrationen
von Rolf Bunse

Ravensburger Buchverlag

Als Ravensburger Taschenbuch
Band 52542
erschienen 2015

© 2015 für Text und Illustrationen
Ravensburger Buchverlag
Otto Maier GmbH, Ravensburg

Coverillustration: Stefani Kampmann

**Alle Rechte dieser Ausgabe
vorbehalten durch
Ravensburger Buchverlag
Otto Maier GmbH**

Printed in Germany

1 2 3 4 5   E D C B A

ISBN 978-3-473-52542-3

www.ravensburger.de

Warnung!

Lies dieses Buch nicht in einem Zug von vorne bis hinten durch. Es enthält verschiedene Abenteuer, die du im Reich des Maharadschas Shah Jahan erleben kannst. Du kannst beim Lesen zwischen mehreren Möglichkeiten wählen. Wenn du dich für einen Weg entschieden hast, folge den Anweisungen, um herauszufinden, was als Nächstes passiert.

Aber Vorsicht! Im alten Indien lauern viele Gefahren. Je nachdem, wie du dich entscheidest, wirst du einen weißen Tiger retten, nach einem sagenumwobenen Rubin suchen oder einen Anschlag auf den Maharadscha verhindern. Denk nach, bevor du dich entscheidest. Denn wenn du einen Fehler machst, gibt es kein Zurück! Dein Überleben hängt von deinem schnellen und guten Urteilsvermögen ab.

Viel Glück!

„Langsam!", rufst du deinem Elefanten zu. Er heißt Gopal.
Du bist Kiran, ein indischer Elefantentreiber. Man nennt euch auch Mahuts. Gerade sitzt du auf Gopals Nacken. Das mächtige Tier zieht einen schweren Marmorblock hinter sich her. Gopal ist sehr intelligent und kräftig, aber du musst ihn manchmal bremsen, damit er sich nicht zu schnell verausgabt.

Du bist wahnsinnig stolz, dass dir der drei Meter große und über viertausend Kilo schwere Elefant so gut gehorcht. Den Ankus, eine Stange mit spitzer Klinge und seitlichem Haken, brauchst du fast nie.

Mit einem leichten Druck deiner Schenkel und leisen Kommandos dirigierst du Gopal zu der Baustelle, auf der ihr arbeitet. Gemeinsam mit tausend weiteren Mahuts und ihren Elefanten sowie zwanzigtausend Arbeitern hilfst du dabei, das Taj Mahal zu bauen. Das gewaltige Bauwerk ist jetzt, im Jahr 1648 nach Christus, fast fertig.

Jedes Mal, wenn du dich dem Taj Mahal näherst, ergreift dich Ehrfurcht. Das schneeweiße Grabmal mit seinen wunderschönen Kuppeln und Minaretten steht auf einer hundert mal hundert Meter großen Plattform aus Marmor am Fluss Yamuna. Umgeben ist es von einem riesigen Garten mit Blumen und Teichen.

Indiens Herrscher, der Maharadscha Shah Jahan, lässt das Taj Mahal für seine verstorbene Frau Mumtaz Mahal bauen.

Lies weiter auf Seite

Das prächtige Gebäude soll für alle Zeiten an die große Liebe des Maharadschas erinnern. Achtundzwanzig verschiedene Edelsteinarten funkeln in der Fassade des Taj Mahal um die Wette, darunter Smaragde, Achate und Lapislazuli. Sie bilden Wörter, ganze Sätze und kunstvolle Blumenmuster. Kein Material ist dem Herrscher zu teuer und kein Weg zu weit, um es herbeischaffen zu lassen.

Das lockt natürlich auch Diebe an. Überall sind Aufseher postiert, die die Arbeiter im Auge behalten. Auf der Baustelle herrscht auch heute wieder ein unglaubliches Gewusel. Zimmerleute, Maurer, Gerüstbauer, Steinmetze, Stuckateure und Maler sind im Einsatz. Kommandos erschallen, Peitschen knallen. Unbarmherzig brennt die Sonne auf Arbeiter und Tiere herab.

Du erreichst mit Gopal dein Ziel in der Nähe des Flusses. Dort wird euch der Marmorblock von Steinmetzen abgenommen, die ihn weiter bearbeiten.

Du gönnst Gopal und dir eine kleine Pause und lenkst ihn ans Wasser. Gopal hebt den Rüssel und trompetet freudig. Dann marschiert er in den seichten Fluss und spritzt euch beide von oben bis unten nass.

Plötzlich werden wütende Rufe hinter euch laut.

**Wenn du sie ignorierst,
lies weiter auf Seite** 54

**Wenn du nachschaust, was da los ist,
lies weiter auf Seite** 10

Ist etwa ein Dieb in die Privaträume des Maharadschas einge-
drungen?, fragst du dich und schlüpfst in den Saal hinter der
Tür.

Du staunst nicht schlecht. Was für eine Pracht! In der Mitte
des Raumes erhebt sich ein plätschernder Brunnen in Form
einer Blüte. Drum herum liegen flache Sitze mit fein bestickten
Kissen. An den Wänden hängen Seidenteppiche, die Shah
Jahan bei der Jagd oder in Siegerpose nach einer erfolgreichen
Schlacht zeigen, und an der Decke …

„He, was machst du da?", ertönt es hinter dir.

Du fährst herum.

Zwei Palastwachen stürmen auf dich zu und ergreifen dich.

„Du mieser kleiner Dieb!", brüllen sie dich an.

„Aber nein, ich …", hebst du an zu sagen, doch die Wachen
lassen dich nicht zu Wort kommen.

„Du hast den Wachmann draußen niedergeschlagen und
dann bestimmt etwas gestohlen!", ruft einer der Männer und
durchsucht dich.

Bei mir wirst du nichts finden, denkst du und bleibst ruhig.
Irrtum! Denn plötzlich hält die Wache einen Ring in den
Händen.

„Das ist der Beweis! Dafür werfen wir dich in den Kerker!"

Verzweifelt schüttelst du den Kopf. Der Wächter muss dir
den Ring zugesteckt haben, als er dich durchsucht hat.

Die Wachmänner führen dich zu einem finsteren Verließ.

**Wenn du versuchst zu fliehen,
lies weiter auf Seite** 37

**Wenn du das lieber lässt,
lies weiter auf Seite** 27

Du rennst aus dem Wasser und läufst zu einem Händler, der von einer Menschenmenge umringt ist. Der Mann steht vor einem Gasthaus und fuchtelt aufgeregt mit den Armen.

„Ein Dieb!", kreischt er. „Ein Dieb hat meine Smaragde gestohlen!"

Nun kommen auch mehrere Aufseher hinzu.

„Ich bin gerade erst in Agra angekommen", klagt der Händler. „Ich wollte mich in diesem Gasthaus ein wenig erfrischen und stärken, bevor ich die Edelsteine abliefere. Also habe ich die Steine im Zimmer gelassen und eine Kleinigkeit gegessen. Als ich die Edelsteine holen wollte, musste ich feststellen, dass jemand sie gestohlen hat! Jetzt bin ich ruiniert. Und der Maharadscha wird mich auspeitschen lassen, weil ich seine Steine nicht liefern kann!"

Du überlegst. Der Dieb hatte nicht viel Zeit, um in das Zimmer des Händlers einzubrechen. Aber woher wusste er, dass er dort so wertvolle Edelsteine finden würde?

**Wenn du versuchst,
der Sache auf den Grund zu gehen,
lies weiter auf Seite** 42

**Wenn du dich lieber
um deinen eigenen Kram kümmerst,
lies weiter auf Seite** 32

Der Mann verschwindet kurz in den Büschen, dann taucht er wieder auf – und schaut genau in deine Richtung.
Du hältst den Atem an. Hoffentlich sieht der Kerl dich nicht! Endlich wendet er sich ab und geht zurück in seine Hütte.
Du machst weiter und zerstörst Kette für Kette. Als du schließlich fertig bist, kletterst du auf Gopals Rücken und führst die Herde zurück zu eurem Lagerplatz. Dort befreist du Arjun und die anderen. Natürlich sind alle mächtig stolz auf dich – vor allem dein Vater!
In der Morgendämmerung setzt ihr euren weiten Weg nach Rajasthan fort. Im nächsten Dorf informiert ihr einen Boten und sorgt dafür, dass das Räubernest von den Soldaten des Maharadschas gestürmt wird.

Ende

Am nächsten Morgen brichst du mit dem Maharadscha und seinem Gefolge auf.

Shah Jahan trägt edle Seidengewänder und reitet auf Gopal. Du läufst nebenher und führst das Tier. Das ist natürlich ungewohnt für dich. Auf der anderen Seite freust du dich, dass der Herrscher Indiens gerade deinen Elefanten als Reittier auserkoren hat. Dein Vater Arjun wäre bestimmt stolz.

Euer Weg führt tief in den Regenwald hinein. Der Zug wird angeführt von einem Mann namens Vimal, der sich in dieser Gegend bestens auskennt und behauptet, den weißen Tiger hier schon mal gesehen zu haben.

Unterwegs kommt ihr an bis zu fünfunddreißig Meter hohen Salbäumen mit zwei Meter dicken Stämmen vorbei, an bunten Orchideen und Farnen mit riesigen Blättern. Mücken schwirren um dich herum.

Werden wir den weißen Tiger finden?, fragst du dich.

Nach dem ersten Tag lautet die Antwort: nein.

Der Maharadscha ist ein wenig ungehalten. Dann ordnet er an, erneut ein Lager für die Nacht aufzuschlagen.

Als du dich spät am Abend völlig erschöpft neben Gopal auf deine Matte legen willst, siehst du, wie Vimal das Lager verlässt. Was hat er vor – nachts, mitten im Dschungel?

**Wenn du ihm nachschleichst,
lies weiter auf Seite**　　　**59**

**Wenn du dich lieber schlafen legst,
lies weiter auf Seite**　　　**113**

Du hebst den Ankus. Seine messerscharfe Spitze deutet auf eure Feinde. Dann stößt du einen Kampfschrei aus und drückst Gopal deine Fersen in die Seiten. Der tonnenschwere Elefant marschiert auf die Angreifer zu, die sich gerade auf die verdutzten Mahuts um deinen Vater gestürzt haben.

Entsetzt siehst du, wie einer der Räuber den Dolch hebt, um deinen Vater hinterrücks niederzustechen.

Ein kurzes Kommando – Gopal versteht dich sofort. Mit einem lauten Trompeten stürmt er auf den Mann zu und schlägt ihm mit dem Rüssel das Messer aus der Hand.

Der Mann geht schreiend zu Boden.

„Gut gemacht!", rufst du. „Weiter so, Gopal!"

Zwei der Räuber springen in letzter Sekunde vor dem heranstürmenden Tier zur Seite, drei andere sind nicht so schnell und werden niedergetrampelt.

Auch die Mahuts wehren sich jetzt tapfer und mit Erfolg. Nach und nach werden die Räuber überwältigt.

Nur dreien gelingt die Flucht.

**Wenn du ihnen mit Gopal folgst,
lies weiter auf Seite** 61

**Wenn du bei den Mahuts bleibst,
lies weiter auf Seite** 109

Es ist bereits tiefste Nacht, als du dich aus der Hütte schleichst, in der du mit deinen Eltern und Geschwistern wohnst. Sunita erwartet dich schon. Ihr pirscht zum Fluss und erreicht das Gasthaus. Nichts rührt sich, alles ist dunkel. Sehr gut!
Erwartungsgemäß ist die Tür zum Gastraum verschlossen. Das gilt auch für alle Fenster.
Hoffnungsvoll schleicht ihr zum Stall, der an das Gasthaus angrenzt – hier habt ihr mehr Glück. Das Tor lässt sich öffnen, quietscht aber furchtbar laut. Mit pochenden Herzen lauscht ihr in die Nacht. Hat irgendjemand euch bemerkt?
Nichts ist zu hören. Also schlüpft ihr in den Stall, in dem einige Reittiere stehen. Im Dunkeln tastet ihr euch vorwärts, bis ihr eine Tür findet. Du drückst die Klinke herunter und spähst in einen Gang.
Rechts ist ein schwacher Lichtschein zu sehen, links ist es stockfinster.

Wenn du nach rechts gehst, lies weiter auf Seite 67

Wenn du die andere Richtung wählst, lies weiter auf Seite 65

Schlotternd vor Angst starrst du das Wesen an. Es sieht aus wie eine riesige Kröte.

„Was willst du hier, Fremder?", zischt die Kreatur.

„Ich bin im Auftrag des Maharadschas gekommen. Ich soll ihm den Rubin bringen, der ewiges Leben verspricht."

Das Wesen lacht heiser. „Schon viele wollten mir den Stein rauben. Keinem ist es gelungen. Sie sind alle tot und wurden zu Futter für meine Schlangen."

Du schluckst schwer.

„Ich habe meinen Rubin immer verteidigt", sagt die Kröte. „Er ist mein Schatz. Etwas, um das mich alle beneiden. Aber ich hasse diesen Stein auch …"

„Warum?"

„Weißt du, was es bedeutet, ewig zu leben? Glaubst du wirklich, dass es schön ist, wenn alle, die du liebst, sterben müssen und immer nur du zurückbleibst?"

Das stimmt dich sehr nachdenklich.

„Du bist der Erste, der mich nicht mit dem Schwert angegriffen hat, um mich zu bestehlen. Du hast mit mir gesprochen wie mit einem Freund."

Unvermittelt streckt dir das Krötenwesen einen großen Rubin entgegen. „Nimm ihn und werde damit glücklich. Doch wenn du ihn verschenkst, werde ich dich finden und vernichten."

Du überlegst kurz. Dann lehnst du das Geschenk ab und kehrst zum Maharadscha zurück. „Ich habe die Höhle gründlich durchsucht", sagst du. „Hier gibt es keinen Rubin."

Ende

Traurig siehst du den Elefantentreibern und ihren Tieren hinterher. Es wird mehrere Wochen dauern, bis sie mit dem Marmor aus Rajasthan zum Taj Mahal zurückkehren werden.

Ein Ruf deiner Mutter reißt dich aus deinen Gedanken. Mit hängenden Schultern läufst du zu ihr.

„Geh auf das Reisfeld und mach dich dort nützlich!", ordnet sie an. „Deine Schwestern werden dir sagen, was zu tun ist."

Kurz darauf schuftest du auf dem Feld. Deine Schwestern und die anderen Arbeiter stecken ihre Köpfe zusammen und tuscheln. Du ahnst, dass sie sich über dich lustig machen. Schließlich hattest du die Chance, ein geachteter Mahut zu werden … Jetzt bist du nicht mehr als ein kleiner Erntehelfer! Doch du fügst dich in dein Schicksal. Schließlich bist du ja selbst daran schuld.

Ende

Du siehst dich um. Fahles Mondlicht fällt auf die Schlafenden um dich herum. Die Elefanten stehen am Bach und …
Aber was ist das?
Du kneifst die Augen zusammen, um besser sehen zu können. Huschen da nicht Schatten zwischen den Bäumen umher? Sind das womöglich Diebe, die eure wertvollen Tiere stehlen wollen?
Leise, ganz leise, stehst du auf und schleichst zu Gopal.
Da legt sich von hinten eine Hand über deinen Mund und die Klinge eines Messers wird dir gegen die Rippen gedrückt.
„Keinen Mucks!", zischt eine Stimme.

**Wenn du dich wehrst,
lies weiter auf Seite** 28

**Wenn du gehorchst,
lies weiter auf Seite** 40

Zusammen mit den anderen Bediensteten stehst du am Rand der gepflasterten Straße, die aus dem Palast führt.

Und schließlich siehst du den Herrscher – er sitzt auf seinem Elefanten und blickt hochmütig über euch hinweg.

Eskortiert wird er von Soldaten mit langen Lanzen und Krummschwertern. Dahinter reiten Bogenschützen. Ganz am Schluss der Karawane kommen die Diener des Maharadschas.

„Aus dem Weg, macht Platz!", befehlen euch die Soldaten.

Ihr gehorcht.

„Wo will der Maharadscha denn hin?", fragst du den Mann neben dir.

„Was, das weißt du nicht?", erwidert er überrascht. „Darüber reden die Leute im Palast doch schon seit Tagen! Bist wohl neu hier, oder?"

Du nickst.

„Der Maharadscha will einen sagenumwobenen Rubin finden, der ewiges Leben verspricht", erklärt der Mann.

Seine Worte hallen in deinen Ohren wider. Das klingt ja spannend! Sollst du dich einfach unter die Diener mischen und dich der Karawane anschließen?

**Wenn du es wagst,
lies weiter auf Seite** 103

**Wenn du es lieber lässt,
lies weiter auf Seite** 95

Du gelangst zur riesigen Küche des Palasts – und hast Glück. Noch heute darfst du dort anfangen, weil einige Helfer ausgefallen sind. Mit Sunita an deiner Seite machst du dich an deine neue Arbeit. Du musst Feuerholz heranschleppen und Gemüse klein schneiden.

Etwa hundert Menschen schuften in der Palastküche unter der Leitung der strengen Oberköchin Chandra.

„Heute Abend wird es ein Festessen geben", flüstert Sunita dir zu, weil Chandra es nicht gerne sieht, wenn ihr euch bei der Arbeit unterhaltet. „Der Maharadscha empfängt Gäste."

Du willst gerade neues Feuerholz holen, als ein Diener hereinkommt und aufgeregt zu Chandra läuft. Die Köchin schiebt ihn hastig in eine der Vorratskammern.

Was soll das?, fragst du dich. Warum diese Heimlichtuerei?

**Wenn du nachsiehst,
lies weiter auf Seite** 47

**Wenn du Holz holst,
lies weiter auf Seite** 112

Der Wirt Naresh ist ein dicker Mann mit freundlichem Gesicht.

„Was darf es denn sein?", fragte er euch höflich.

„Wir wollen nichts essen oder trinken", gibst du zu, „sondern Ihnen ein paar Fragen zu den gestohlenen Edelsteinen stellen."

Naresh schaut dich überrascht an. Plötzlich ist seine Freundlichkeit wie weggeblasen. „Warum sollte ich mit euch reden? Schlimm genug, dass der Händler behauptet, die Smaragde wären in meinem Gasthaus gestohlen worden. Könnt ihr euch überhaupt vorstellen, wie schlecht das für mein Geschäft ist? Der Händler hat gelogen! Und jetzt: Haut ab!"

Schon steht ihr wieder vor der Tür.

„Schade", meint Sunita. „Das hat uns nicht viel weitergebracht. Aber vielleicht hat der Wirt ja tatsächlich Recht und der Händler hat den Diebstahl nur erfunden …"

„Warum sollte er das tun?", fragst du. „Außerdem hat Naresh etwas gesagt, was mich stutzig macht."

„Und das wäre?"

„Er sprach von Smaragden. Der Händler hat aber nur erwähnt, dass ihm Edelsteine gestohlen wurden."

Sunita schaut dich mit großen Augen an. „Gut aufgepasst, Kiran! Dann hat vielleicht sogar Naresh selbst die Steine gestohlen. Wir sollten versuchen, das Wirtshaus zu durchsuchen."

**Wenn du dich darauf einlässt,
lies weiter auf Seite** 15

**Wenn du lieber den Wirt beschattest,
lies weiter auf Seite** 33

„Gut, was soll ich tun?", fragst du.

Natürlich denkst du gar nicht daran, dieser Frau bei ihren bösen Plänen zu helfen. Nur zum Schein gehst du auf das Angebot ein, denn du musst erst einmal hier raus.

Devi lacht. „Nicht so eilig, junger Mann. Wer sagt mir, dass ich dir vertrauen kann?"

„Ich", behauptest du kühn.

„Das reicht mir nicht", erwidert Devi kalt. „Also werde ich dich auf die Probe stellen. Du wirst heute Nacht auf der Baustelle ein Feuer legen. Ich werde alles im Auge behalten. Sehe ich keine Flammen, wenn der Mond am höchsten steht, werde ich meine Wachen zum Haus deiner Familie schicken – dann wird es dort brennen statt auf der Baustelle. Und komm nicht auf die Idee, mich beim Maharadscha anzuschwärzen. Er würde einem Nichts wie dir niemals glauben."

Du schluckst. Diese Frau ist wahnsinnig, das kann sie unmöglich ernst meinen!

**Wenn du versuchst,
Devi umzustimmen,
lies weiter auf Seite** 26

**Wenn du zustimmst,
lies weiter auf Seite** 38

In einer Pause schaust du dir die Trümmer des Gerüsts näher an. Dabei fällt dir eines der Bretter auf. Es ist zwar gebrochen, aber nicht gesplittert. Im Gegenteil: Es hat eine ziemlich lange, gerade Bruchkante!

Dir wird abwechselnd heiß und kalt. Kann es sein, dass dieses Brett angesägt wurde? Dass es gar kein Unfall war? Dass das Gerüst zusammenbrechen sollte? Falls ja, wer könnte dahinterstecken?

Wenn du Alarm schlägst, lies weiter auf Seite 78

Wenn du erst einmal selber ermittelst, lies weiter auf Seite 39

Sofort machst du dich daran, deinen Vater und die anderen zu befreien. Doch die Freude über die Befreiung währt nicht lange – schließlich sind die Elefanten weg!

Ihr macht euch auf die Suche nach den Räubern und euren geliebten Tieren – vergeblich.

Traurig und niedergeschlagen kehrt ihr nach Agra zurück.

Ende

„Nein, das kann ich nicht", schluchzt du. „Bitte gebt mir eine andere Aufgabe!"

„So, das kannst du nicht?" Ein böses Lächeln umspielt Devis Mund. „Weißt du, was *ich* nicht kann?"

Du siehst sie erwartungsvoll an.

„Ich kann meine Meinung einfach nicht ändern. Das war schon immer eine Schwäche von mir. Für dich bedeutet das: Ab in den Kerker, und zwar für immer!"

Ende

Du wirst schon noch die Gelegenheit bekommen, deine Unschuld zu beweisen. Man wird dich vor einen Richter stellen und dann kannst du erklären, was wirklich passiert ist.

Oder auch nicht.

Denn es interessiert sich niemand für deine Geschichte und die Wahrheit.

Einen Richter bekommst du nie zu sehen. Die Sonne auch nicht mehr.

Bis an dein Lebensende schmorst du im Kerker des Maharadschas.

Ende

Du tust so, als würdest du gehorchen. Doch als du merkst, dass der Mann hinter dir das Messer wegsteckt, rammst du ihm den Ellbogen in den Bauch, wirbelst herum und streckst ihn mit einem Faustschlag nieder.

Sofort stürzen sich andere Räuber auf dich und du musst die Flucht ergreifen. Geistesgegenwärtig versteckst du dich im Gebüsch.

Durch den Lärm sind auch dein Vater und die anderen Mahuts wach geworden.

Zu spät! Arjun wird überwältigt und mit einem Messer bedroht.

Um deinen Vater nicht zu gefährden, geben die Mahuts nach und lassen sich fesseln. Dann stehlen die Angreifer eure Elefanten!

Wenn du deinen Vater und die anderen befreist, lies weiter auf Seite   **25**

Wenn du den Räubern nachschleichst, lies weiter auf Seite   **90**

„Euer Angebot ehrt mich sehr!", sagst du unterwürfig. „Aber ich bin auf dem Weg zu meinem Vater."

Da funkeln die Augen des mächtigen Herrschers vor Zorn. „Was?! Du wagst es, dich meinem Wunsch zu widersetzen?" Shah Jahan lacht auf. „Mir scheint, du musst Demut lernen, Bürschlein. Und die lernst du am besten, wenn du in meinem Palast schuftest, bis dir die Knochen wehtun."

Er winkt zwei Soldaten heran. „Bringt diesen aufsässigen Kerl in den Palast."

„Nein!", rufst du verzweifelt. „Bitte, das könnt Ihr nicht tun. Und was ist mit Gopal? Was ist mit meinem Elefanten?"

„Ich betrachte ihn als Geschenk", antwortet der Maharadscha. „Und jetzt geh mir aus den Augen!"

Lies weiter auf Seite 36

30

Im Gasthaus trefft ihr tatsächlich den Händler, der gerade etwas isst. Ihr sprecht ihn an.

„Was glaubt ihr, wer ihr seid?", schimpft er. „Haut ab!"

Enttäuscht lauft ihr zurück nach Hause.

Am nächsten Morgen erlebst du eine böse Überraschung. Dein Elefant Gopal ist krank: Er kann nicht mehr richtig laufen. Zusammen mit deinem Vater untersuchst du das arme Tier. Ein Kniegelenk scheint entzündet zu sein. Arjun mischt eine Salbe aus Heilkräutern zusammen und verbindet deinen Elefanten.

„Gopal wird ein oder zwei Wochen Ruhe brauchen", sagt dein Vater. „In dieser Zeit musst du dir eine andere Arbeit suchen."

Du hast auch schon eine Idee. „Sunita arbeitet doch in der Palastküche. Vielleicht kann ich dort aushelfen!"

Schnell läufst du zum Palast des Maharadschas. Weil der Palast aus rotem Sandstein gebaut wurde, wird er auch Rotes Fort genannt. Er ist von einem Wassergraben und einer einundzwanzig Meter hohen Mauer mit Schießscharten und Türmen umgeben. Nur durch zwei Tore, genannt Lahore und Delhi, kann man ins Innere gelangen. Die Torwächter lassen dich durch, nachdem du gesagt hast, was du willst.

Staunend läufst du durch die gigantische Palastanlage. Schlanke Minarette, edelste Einlegearbeiten, aufwendige Mosaiken, goldene Kuppeln und ein Park mit Tigern und bunten Vögeln – was für eine Pracht! Am besten gefällt dir die Moschee Moti Masjid, die wegen ihres weißen Marmors auch Perlenmoschee genannt wird.

Lies weiter auf Seite   **20**

Du lässt die Sache auf sich beruhen und gehst weiter deiner Arbeit nach – damit hast du schließlich mehr als genug zu tun.

Am nächsten Tag transportierst du mit Gopal einmal mehr schwere Steinblöcke zum Taj Mahal.

Als du dich der Baustelle näherst, bemerkst du, dass es schon wieder einen Aufruhr gibt. Doch dieses Mal wurde nichts gestohlen. Ein Gerüst ist zusammengestürzt und hat drei Arbeiter verletzt. Um das Gerüst herum hat sich eine Menschentraube gebildet. Alle rätseln, wie es zu dem Unfall kommen konnte. Da aber niemand eine Erklärung hat, werden schon bald die ersten Stimmen laut, die an finstere Mächte glauben.

„Unsere höchsten Götter Brahma, Vishnu und Shiva haben sich gegen den Maharadscha gewandt", sagt ein älterer Mann leise. „Der Bau steht unter keinem guten Stern. Ich werde hier nicht länger arbeiten, das ist viel zu gefährlich!"

Andere schließen sich ihm an und packen ihre Sachen zusammen.

Du hast ein ungutes Gefühl. Haben sich die mächtigen Götter wirklich gegen den Bau des Taj Mahal verschworen? Oder steckt etwas ganz anderes hinter dem Unfall?

**Wenn auch du die Baustelle verlässt,
lies weiter auf Seite** 80

**Wenn du bleibst,
lies weiter auf Seite** 24

Geduldig wartet ihr ab. Erst spät am Abend schließt Naresh sein Gasthaus ab und geht in Richtung Stadtmitte. Ihr bleibt an ihm dran.

Naresh geht auf direktem Weg zu einem Schmuckhändler.

„Meinst du, er will dem Händler die Smaragde verkaufen?", wispert Sunita dir zu.

„Finden wir es heraus", erwiderst du.

Inzwischen ist Naresh im Haus des Händlers verschwunden. Ihr wollt gerade zu einem Fenster schleichen, als du ein leises, drohendes Knurren hörst …

Wenn du das Knurren ignorierst, lies weiter auf Seite   66

Wenn du lieber vom Haus wegbleibst, lies weiter auf Seite   52

34 Der mächtige Herrscher starrt dich wütend an, als du mit deiner Anklage fertig bist.

„Was bildest du dir eigentlich ein, du elender Nichtsnutz?", schreit er. „Wie kannst du es wagen, meinen geliebten Sohn des Verrats zu bezichtigen?"

Du versuchst dich stammelnd zu rechtfertigen, aber Shah Jahan hat genug gehört. Er lässt dich verhaften und in sein tiefstes Kerkerloch stecken. Das ist dein

Ende

Du musst einen Blick in das Säckchen werfen. Nur wie?
Während du Gemüse klein schneidest, denkst du scharf nach.

35

„Meinst du dieses Säckchen?", flüstert Sunita dir plötzlich zu.

„Welches denn?", fragst du verdutzt.

„Na das, was Chandra gerade auf den Tisch gelegt hat."

Du schaust in Richtung der Oberköchin. Tatsächlich, dort liegt das Säckchen!

Chandra greift hinein und lässt ein weißes Pulver über ein Stück Lammfleisch rieseln. Dabei pfeift sie vor sich hin.

Dein Puls beschleunigt sich. Was ist das für ein Pulver? Ein normales Gewürz? Oder etwa Gift?

Doch wie kannst du das herausfinden?

Sunita hat eine Idee. „Pass auf: Ich lenke Chandra ab – und du schnappst dir den Beutel."

„Wie willst du das machen?"

„Ich schneide mir in den Finger, dann muss sie mir helfen."

„Du spinnst!", erwiderst du.

Doch Sunita scheint fest entschlossen, ihren Plan in die Tat umzusetzen.

**Wenn du sie gewähren lässt,
lies weiter auf Seite**

74

**Wenn du sie bremst,
lies weiter auf Seite**

93

Was bist du doch für ein Sturkopf! Zur Strafe musst du von nun an die niedrigsten Arbeiten im Palast verrichten. Stundenlang schrubbst du die Marmorböden in den Fluren. Sie erscheinen dir endlos lang.

Immer wieder kommt ein Aufseher vorbei, um deine Arbeit zu kontrollieren. Wenn er nicht zufrieden ist, bekommst du einen Tritt verpasst.

Was für ein trostloses Leben …

Beim Putzen näherst du dich eines Tages den Privatgemächern des mächtigen Maharadschas. Plötzlich gefriert dir das Blut in den Adern. Das mit reichem Schnitzwerk verzierte Tor zu den Räumen Shah Jahans steht einen Spaltbreit offen – und davor liegt reglos eine Palastwache!

Wenn du sofort Alarm schlägst,
lies weiter auf Seite   58

Wenn du erst einmal durch das Tor schaust,
lies weiter auf Seite   9

Wut und Verzweiflung verleihen dir neue Kraft. Du wirbelst herum und verpasst einem der Wächter einen Kinnhaken. Wie vom Blitz getroffen geht er zu Boden.

Dem anderen gibst du einen kräftigen Stoß. Der Wachmann stolpert rückwärts und prallt mit dem Kopf gegen eine Wand. Bewusstlos sackt er in sich zusammen.

Einen Moment lang bist du selbst überrascht darüber, was gerade passiert ist. Das hättest du dir gar nicht zugetraut!

Rasch durchsuchst du die Kerle, denn um aus dem Kerker zu fliehen, brauchst du die Schlüssel.

Mit zitternden Fingern ertastest du bei dem Wächter, der dir vorhin den Ring untergeschoben hat, einen Schlüsselbund. Aber was ist das? In der Kleidung des Wachmanns entdeckst du auch einen Dolch – aus purem Gold und mit Smaragden besetzt! So etwas Wertvolles kann sich ein einfacher Wächter niemals leisten.

Plötzlich dämmert es dir: Dieser Wachmann ist der Dieb! Er hat den anderen Wächter niedergeschlagen und anschließend den Dolch und den Ring gestohlen. Und dann wollte der miese Kerl dir die Tat in die Schuhe schieben!

**Wenn du Alarm schlägst,
lies weiter auf Seite** 104

**Wenn du erst aus dem Kerker fliehen willst,
lies weiter auf Seite** 76

Mit Tränen in den Augen verlässt du den Palast. Du bist völlig verzweifelt. Jetzt sollst du also zum Brandstifter werden …

Plötzlich packt dich eine ungeheure Wut auf Devi. Und genauso plötzlich schießt dir eine Idee durch den Kopf!

Du rennst schnurstracks nach Hause und bereitest alles vor.

Natürlich legst du in dieser Nacht kein Feuer auf der Baustelle. Das gefällt Devi gar nicht. Begleitet von einer Eskorte reitet sie zu der Hütte, in der du mit deiner Familie wohnst.

Einer der Soldaten hebt den Arm, um eine Fackel in euer Haus schleudern. Irritiert hält er inne. Denn unvermittelt reitest du aus einer Nebengasse heran. Auf dem Rücken von Gopal! Auf der anderen Seite erscheint dein Vater Arjun. Auch er sitzt auf seinem Elefanten. Die Tiere heben drohend die Rüssel und trompeten lautstark.

Devi und ihre Soldaten weichen zurück.

Nun kommen aus den umliegenden Häusern Arbeiter und Mahuts, Näherinnen, Wäscherinnen und Hausfrauen, Greise und Kinder. Sie alle haben sich mit Messern und Stöcken bewaffnet.

„Verschwinde, du Schlange!", rufst du Devi zu. „Und sollte es noch mal einen Zwischenfall am Taj Mahal geben, dann informiere ich den Maharadscha. Nach dem, was heute passiert ist, wird er mir glauben."

Devi und ihre Soldaten gehorchen. Am nächsten Tag verschwindet die schöne Frau spurlos aus dem Palast – wie ein böser Geist, der sich in Luft aufgelöst hat.

Ende

Du willst der Sache unbedingt auf den Grund gehen.

„He, was schnüffelst du da herum?", blafft dich ein Aufseher an. „Hast du nichts zu tun?"

Mit gesenktem Kopf verziehst du dich, behältst den unfreundlichen Aufseher aber im Auge. Er pfeift ein paar Arbeiter heran und befiehlt ihnen, die Trümmer zum Flussufer zu schleppen. Dort werden sie verbrannt.

Seltsam … Die Bretter und Seile hätte man sicher reparieren und wiederverwenden können. Wurde hier gerade Beweismaterial vernichtet?

Für den Rest des Tages gehst du deiner eigenen Arbeit nach. Unermüdlich zieht dein treuer Gopal schwere Steinblöcke hinter sich her und du dirigierst ihn zu den richtigen Stellen auf der Baustelle am Taj Mahal. Doch im Kopf bist du immer noch bei dem verdächtigen Unfall. Was kannst du bloß gegen den Aufseher unternehmen? Dir fällt einfach nichts ein …

Als es dämmert, werden die Arbeiten beendet. Du siehst, wie der Aufseher in eines der Gasthäuser in Agra geht.

Wenn du den Mann beschattest, lies weiter auf Seite 57

Wenn du für heute genug hast, lies weiter auf Seite 53

40 Man fesselt und knebelt dich. Mit brennenden Augen musst du mit ansehen, wie die Räuber deinen treuen Gefährten Gopal und die anderen Elefanten von eurem Lagerplatz wegtreiben. Gopal siehst du nie wieder. Vielleicht hättest du dich doch besser wehren sollen …

Ende

Noch am selben Nachmittag macht ihr euch auf den langen Weg von Agra nach Rajasthan. Insgesamt seid ihr fünfzig Mahuts mit ebenso vielen Elefanten. Euer Weg führt euch über eine staubige Landstraße und durch viele kleine Dörfer. Kinder stürmen herbei, wenn sie eure Karawane sehen.

Stolz sitzt du auf Gopal und lässt dich bewundern. Mahut zu sein, ist schon etwas ganz Besonderes. Vor allem, wenn man noch so jung ist wie du.

Abends erreicht ihr ein großes Waldgebiet. Auf einer Lichtung, über die ein Bach plätschert, hebt Arjun eine Hand und ruft: „Lasst uns hier übernachten. Hier gibt es ausreichend Wasser für uns und die Tiere. Und Früchte, die wir essen können."

Müde steigst du von Gopal und führst ihn zum Wasser. Dein Elefant trinkt ausgiebig. Dann reißt er mit seinem Rüssel Blätter und Zweige von den Bäumen und steckt sie sich ins Maul. Du streichelst ihn liebevoll. Was würdest du nur ohne Gopal machen!

Später setzt du dich mit den anderen Mahuts ans Lagerfeuer. Doch schon bald rollst du dich auf deiner Schlafmatte zusammen und schläfst ein. Plötzlich schreckst du hoch. Es ist mitten in der Nacht. Du hast ein Rascheln gehört. Was war das?

Wenn du nachsiehst, lies weiter auf Seite 18

Wenn du weiterschläfst, lies weiter auf Seite 68

Du willst unbedingt herausfinden, wer die Edelsteine gestohlen hat. Wie gut, dass du deine Arbeit für heute erledigt hast. Du bringst Gopal zu eurer Hütte und versorgst ihn.

Am Abend läufst du zum Gasthaus am Fluss zurück. Unterwegs schließt sich dir Sunita an, die in der Hütte neben euch wohnt und in der Palastküche des Maharadschas arbeitet. Du magst das pfiffige Mädchen mit der großen Klappe. Sunita hat schon von dem Diebstahl gehört.

Du genießt das bunte Treiben in Agra. Überall preisen Händler ihre Waren an: exotische Gewürze aus den entferntesten Winkeln der Welt, bunte Stoffe für die Saris der Frauen oder die Dhotis der Männer sowie feine Lederwaren. Aus einer Werkstatt dringt der helle Klang eines Hämmerchens, mit dem ein Goldschmied einen Ring fertigt.

„Stell dir vor, wir schnappen den Täter – dann bekommen wir bestimmt eine tolle Belohnung", sagst du zu Sunita. „Ich möchte noch einmal mit dem Händler sprechen. Vielleicht erinnert er sich an etwas, was uns weiterhilft."

„Oder wir fragen den Wirt", schlägt Sunita vor. „Womöglich hat er etwas beobachtet – zum Beispiel, wer alles in sein Gasthaus gekommen ist und wann diese Leute es wieder verlassen haben."

**Wenn du den Händler suchst,
lies weiter auf Seite**   **30**

**Wenn du auf Sunita hörst,
lies weiter auf Seite**   **22**

44 Mit einer solchen Übermacht kannst du dich unmöglich anlegen. Also holst du Hilfe aus dem nächsten Dorf. Mit etwa fünfzig Männern stürmst du zum Lagerplatz zurück.
Doch die Räuber sind schon weg – mitsamt den Elefanten und allen anderen Besitztümern der Mahuts … Ihr wart einfach zu langsam.
Wenigstens sind alle unverletzt.

Ende

Als du dich dem Lager näherst, wirst du von Soldaten umringt. Sie tragen Speere und Schwerter mit geschwungenen Klingen.

„Runter von dem Elefanten!", herrscht dich ihr Anführer an. Du gehorchst notgedrungen. Die Soldaten nehmen dir den Ankus ab, der auch eine gute Waffe sein kann. Dann führt man dich und Gopal zu einem riesigen Zelt. Du staunst nicht schlecht. Wer wohnt denn in einer so prächtigen Unterkunft? Kurz darauf bekommst du die Antwort: Es ist kein geringerer als der Maharadscha Shah Jahan!

Als du vor seinem Elfenbeinthron niederkniest, denkst du: Was macht der mächtigste Mann Indiens hier im Wald?

„Soso, ein kleiner Mahut", sagt der Maharadscha, nachdem er von einem der Soldaten informiert wurde. „Wieso schleichst du um mein Lager herum? Was hattest du vor?"

„Nichts, mein Gebieter", stammelst du. „Ich bin zufällig auf Euer Lager gestoßen."

Zum Glück glaubt der Maharadscha dir. Dann will er deinen Elefanten sehen.

„Was für ein schönes Tier", bemerkt er. „Du darfst mich begleiten, denn ich möchte auf deinem Elefanten reiten. Ich bin auf der Jagd nach dem weißen Tiger …"

Was nun? Eigentlich willst du ja deinem Vater folgen.

**Wenn du versuchst,
die Anordnung des Herrschers zu umgehen,
lies weiter auf Seite** 29

**Wenn du den Maharadscha begleitest,
lies weiter auf Seite** 12

Du läufst zum Arzt, der am Bett des schlafenden Herrschers wacht, und informierst ihn über deinen Verdacht. Vielleicht kann er ja ein Gegenmittel mischen, das dem Maharadscha hilft.

Der Mediziner ist sichtlich schockiert: „Das ist ja unglaublich!", ruft er. „Komm mit, ich will sehen, was ich machen kann."

Er führt dich in einen angrenzenden Raum. Hier stehen Hunderte von Fläschchen mit geheimnisvollem Inhalt. In kleinen Schalen liegen Kräuter, Samen und Blätter.

Der Arzt schließt die Tür hinter dir und schaut dich an. „Du bist ja ganz blass. Das kommt sicher von der Aufregung."

Du nickst.

Da gießt der Arzt eine weiße Flüssigkeit in einen Becher und reicht ihn dir. „Trink, das wird dir guttun. Das ist ein leichtes Beruhigungsmittel."

In einem Zug leerst du den Becher.

„So, du glaubst also, dass der Herrscher vergiftet wurde …", sagt der Mediziner nun.

Wieder nickst du. Dabei spürst du, wie dir schwindelig wird.

Wie aus weiter Ferne hörst du den Mann sagen: „Du hast Recht. Ich war es, der das Gift gemischt hat – und zwar im Auftrag von Prinz Alamgir, der seinen Vater beseitigen will, um selbst an die Macht zu kommen."

Dir wird schwarz vor Augen. Als du weglaufen willst, sackst du kraftlos zusammen.

„Schlaf gut", sagt der Arzt mit einem bösen Lächeln.

Und du weißt: Das ist dein

Ende

Du schleichst den beiden hinterher und beobachtest sie heimlich. Deine Augen werden groß: Der Bote gibt Chandra ein Säckchen, das sie unter ihrem Sari verschwinden lässt.
Im Gegenzug erhält der Bote von ihr einen prall gefüllten Beutel. Du vermutest, dass er voller Münzen ist. Also hat die Köchin dem Mann etwas abgekauft. Nur was? Was ist in dem geheimnisvollen Säckchen?
Der Bote verschwindet wieder und du flitzt zurück zu Sunita.
Im Flüsterton erzählst du ihr, was du gesehen hast.
„Vielleicht handelt es sich nur um ein seltenes Kraut oder Gewürz", wispert Sunita.
„Meinst du? Aber warum dann diese Geheimniskrämerei?", antwortest du ebenso leise.
„He, was quatscht ihr da herum?", ruft Chandra böse. Sie scheint ihre Augen überall zu haben.
Sofort verstummt ihr und geht brav eurer Arbeit nach. Dabei überlegst du dir deine nächsten Schritte.

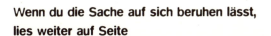

Wenn du die Sache auf sich beruhen lässt, lies weiter auf Seite 50

Wenn du weitere Nachforschungen anstellst, lies weiter auf Seite 35

Du rennst los, um den Maharadscha vor dem Überfall zu warnen. In der Dunkelheit stolperst du und stürzt. Ein höllischer Schmerz schießt durch dein Knie. Du hast dir das Bein verdreht!

Mühsam schleppst du dich weiter.

Da hörst du hinter dir ein Rascheln. Was ist das? Ein Tier? Vimal? Oder nur der Wind? Du lauschst. Jetzt ist nichts mehr zu hören.

Mit zusammengebissenen Zähnen humpelst du weiter, kämpfst dich trotz der Schmerzen Meter für Meter vorwärts.

Als du endlich im Lager ankommst, schlägst du sofort Alarm. Im selben Moment stürzen auch schon die Angreifer heran. Die Soldaten des Maharadschas stellen sich Vimals Leuten entgegen. Eine wüste Schlacht entbrennt.

Du bringst dich hinter Gopal in Sicherheit. Als einer der Verräter mit gezücktem Schwert auf dich zukommt, fegt der Elefant ihn mit einem Rüsselhieb zur Seite.

Mühevoll gelingt es den Soldaten, den Angriff abzuwehren. Alle Verräter – darunter auch Vimal – werden gefangen genommen.

Der Maharadscha schenkt dir zum Dank für deinen Einsatz einen großen Smaragd. Seinen Sohn erwähnst du mit keiner Silbe.

Obwohl ihr keinen Führer mehr habt, findet ihr den weißen Tiger nach ein paar Tagen, fangt ihn und bringt ihn in den Palast nach Agra.

Prinz Alamgir unternimmt keinen weiteren Versuch, seinen Vater zu töten – offenbar war ihm der Fehlschlag im Dschungel eine Lehre.

Ende

Du fasst einen kühnen Plan und bekommst auch bald die Gelegenheit, ihn in die Tat umzusetzen.

Als Prinz Alamgir eines Tages wieder im Park lustwandelt und mit einigen Höflingen die wilden Tiere in den Käfigen anschaut, trittst du an ihn heran.

„Darf ich Euch unter vier Augen sprechen, edler Prinz?", fragst du unterwürfig. „Es ist sehr wichtig."

„Ich hoffe, du stiehlst mir nicht die Zeit", erwidert Alamgir und zieht dich außer Hörweite der anderen. „Rede!"

„Mir scheint, dass etwas nicht zu Eurer Zufriedenheit beendet wurde", flüsterst du. „Etwas, was mit der Palastküche und Eurem Vater zu tun hat …"

Alamgir zieht die Augenbrauen hoch – und schweigt.

„Ich bringe es für Euch zu Ende, wenn Ihr mir anschließend mein Gewicht in Gold bezahlt", bietest du an.

Nervös wartest du auf eine Reaktion. Hoffentlich geht dein Plan auf.

Und tatsächlich: Alamgir macht den Fehler, dir zu vertrauen. Am nächsten Tag steckt er dir ein Gift zu, das du in das Essen seines Vaters mischen sollst. Natürlich tust du das nicht, sondern läufst direkt zu Shah Jahan und berichtest ihm von Alamgirs teuflischem Plan.

Der Maharadscha ist unendlich traurig. Aber er ist auch dankbar – und zwar dir gegenüber, weil du ihm das Leben gerettet hast.

Und nun ist er es, der dich mit Gold überhäuft.

Ende

Am Abend findet das große Festessen in einem Seitenflügel des Palastes statt. Neben dem ehrwürdigen Maharadscha Shah Jahan ist auch sein Sohn Muhammad Aurangzeb Alamgir dabei.

Die beiden empfangen viele hochrangige Gäste, die mit allen nur erdenklichen Leckereien verwöhnt werden: Hähnchen mit Safran, Knoblauch, Kreuzkümmel und Koriandersamen aus dem Tandur-Ofen, verschiedene Fisch-Currys, Lamm-Spieße mit Ingwer und zum Nachtisch Berge feinster Früchte sowie Malai Am, eine Mango-Creme. Außerdem gibt es Firni, das aus Reis, Rosenwasser und Mandeln besteht.

Dir und Sunita läuft das Wasser im Mund zusammen, aber ihr dürft die Speisen natürlich nicht probieren.

Zum Glück, wie sich später am Abend herausstellt! Denn plötzlich wird Shah Jahan übel. Man ruft seinen Leibarzt und bringt den Maharadscha in seine Privatgemächer.

Der Zustand des Herrschers verschlechtert sich von Minute zu Minute. Er ringt mit dem Tod!

Was war in dem Säckchen, das die Köchin gekauft hat? Wurde Shah Jahan etwa vergiftet?

**Wenn du deinen Verdacht äußerst,
lies weiter auf Seite**

46

**Wenn du abwartest,
lies weiter auf Seite**

91

Ihr wartet in der Dunkelheit, bis Naresh wieder auftaucht. Er läuft zurück zu seinem Gasthaus und verschwindet darin.

„Mist, das hat uns nicht weitergebracht", ärgert sich Sunita. Niedergeschlagen geht ihr nach Hause.

Am nächsten Tag arbeitest du mit Gopal wieder auf der Baustelle. Plötzlich herrscht große Aufregung: Aus der Fassade des Taj Mahal wurden Schmucksteine herausgebrochen!

„Die Tat muss gerade eben erst passiert sein", berichtet ein Aufseher.

Sofort wird die komplette Baustelle von den Soldaten des Maharadschas abgeriegelt. Dann wird jeder durchsucht, was lautes Murren bei den Arbeitern hervorruft.

Du bleibst ganz ruhig, schließlich hast du nichts zu befürchten. Während du wartest, lässt du deine Blicke schweifen. Dabei bemerkst du einen jungen Mann, der ausgesprochen nervös wirkt und unruhig von einem Fuß auf den anderen tritt. Dann windet er sich zwischen den Arbeitern hindurch in Richtung Taj Mahal.

Wenn du ihm nachschleichst, lies weiter auf Seite 92

Wenn du es nicht tust, lies weiter auf Seite 75

Am nächsten Tag gehst du ganz normal deiner Arbeit nach. Doch als du für kurze Zeit nichts zu tun hast, nutzt du die Gelegenheit und läufst zu den Gerüsten am Taj Mahal, um sie unter die Lupe zu nehmen. Wurde vielleicht wieder ein Brett angesägt? Soll es wieder einen Unfall geben?

Wie immer drängen sich auf den mehrstöckigen Gerüsten viele Maurer und Stuckateure. Es fällt nicht auf, als du dich unter sie mischst. Du läufst auf der untersten Ebene entlang und musterst dabei die Bretter über deinem Kopf. Keine Auffälligkeiten.

Noch eine Etage – wieder nichts.

Doch auf der dritten Ebene wirst du fündig. Ein Brett scheint angesägt worden zu sein. Und es biegt sich unter der Last der Männer schon leicht nach unten! Doch die scheinen von der drohenden Gefahr nichts zu merken.

Gerade als du Alarm schlagen willst, passiert es: Das Gerüst bricht zusammen und begräbt dich unter sich.

Ende

Immer dieses Geschrei!, denkst du dir und planschst weiter mit Gopal.

„Kiran!", erklingt da eine strenge Stimme. Es ist dein Vater Arjun.

Sofort unterbrichst du das Spiel.

Arjun steht am Ufer und hat die Arme in die Hüften gestemmt.

„Wir sind hier, um zu arbeiten!", schnauzt er dich an.

Gopal dreht sich zu ihm um und hebt den Rüssel. Du befürchtest, dass er deinen Vater nassspritzen könnte. Doch dein Elefant benimmt sich.

„Komm sofort her!", befiehlt Arjun. „Wir haben einen neuen Auftrag!"

Du gehorchst.

„Was gibt es zu tun?", fragst du, als du neben deinem Vater stehst. Gopal ist im Wasser geblieben und trinkt ausgiebig.

Arjun deutet in die Ferne, wo die großen Wälder liegen. „Wir sollen noch heute nach Rajasthan aufbrechen. Nur dort gibt es den weißen Marmor, den unser Maharadscha braucht."

Du schluckst. Rajasthan … Das ist eine ziemlich weite Reise und bestimmt ist sie auch sehr gefährlich. Dazu hast du eigentlich überhaupt keine Lust. Und Gopal braucht auch mal eine Pause.

**Wenn du dich weigerst,
lies weiter auf Seite** 88

**Wenn du dich fügst,
lies weiter auf Seite** 41

Du gerätst in Panik und rennst einfach los. Nur raus aus dem Palast!

Da erteilt Devi einen Befehl und plötzlich ist dir ein ganzer Trupp Palastwachen auf den Fersen.

„Bleib stehen, Bursche!", brüllen sie dir hinterher.

Doch du denkst gar nicht daran.

Leider kommst du nicht weit, denn einer der Wachmänner schleudert dir einen Dolch hinterher. Das ist dein

Ende

Du eilst auf Gopal das kurze Stück zu deinem Vater und den anderen Mahuts zurück und führst sie anschließend zu den Bäumen.
Doch die Diebe sind inzwischen hinuntergeklettert und haben sich aus dem Staub gemacht.
Das hättest du dir eigentlich denken können. Du musst einsehen, dass diese Aktion nicht besonders schlau von dir war.

Ende

Du bringst Gopal nach Hause und fütterst ihn. Dann flitzt du zum Gasthaus – in der Hoffnung, dass der Aufseher noch dort ist.

Mit einem Blick durch das Fenster stellst du fest, dass er gerade zu Abend isst. Am Tisch sitzen auch ein paar andere Männer. Immer wieder stecken die Typen die Köpfe zusammen und flüstern miteinander. Ihre Mienen sind ernst.

Über was die wohl reden?, fragst du dich. Doch leider verstehst du kein Wort. Also wartest du einfach ab, was passiert.

Aber es passiert nichts. Erst als die Sterne am Himmel stehen, verlässt der Aufseher das Gasthaus wieder. Du schleichst ihm erneut hinterher. Der Mann schlägt den Weg zum Fluss ein. Hinter einer Biegung ist er plötzlich verschwunden.

Du schaust nach rechts und links, kannst ihn aber nirgends entdecken.

Da packt dich jemand im Nacken. „Wieso verfolgst du mich, Bursche?"

Bei allen Göttern, der Mann hat dir aufgelauert! Du reißt dich los und rennst um dein Leben. Doch du kommst nicht weit, denn der Mann schleudert dir ein Messer hinterher.

Ende

58

Du rufst um Hilfe. Sofort stürmen Wachmänner heran und kümmern sich um den Bewusstlosen, der rasch wieder zu sich kommt. Er hat eine dicke Beule an der Stirn.

„Ich bin wie immer vor dem Tor auf und ab gegangen. Plötzlich hat mich jemand von hinten niedergeschlagen", berichtet er.

Du wartest, bis der Maharadscha benachrichtigt worden ist. Als Shah Jahan seine Privaträume kontrolliert, schreit er unvermittelt auf: „Mein Dolch ist weg! Der mit den Rubinen! Das war ein Geschenk meiner geliebten Frau Mumtaz Mahal. Der Dolch muss wiedergefunden werden! Durchsucht den Palast, überprüft alle Arbeiter!"

Augenblicklich rennen die Palastwachen los, um die Befehle ihres tobenden Herrschers auszuführen. Das könnten sie sich eigentlich sparen, denn du weißt, dass die Wache, die gerade noch bewusstlos war, gelogen hat.

Wenn du dem Maharadscha deinen Verdacht mitteilst, lies weiter auf Seite   **105**

Wenn du dich das nicht traust, weil der Herrscher so wütend ist, lies weiter auf Seite   **77**

Wo will der Kerl hin? Auf leisen Sohlen schleichst du Vimal hinterher. Er bemerkt dich nicht.

Nach einem kurzen Fußmarsch erreicht ihr eine mondbeschienene Lichtung. Dort stehen einige Hütten. An Lagerfeuern sitzen etwa hundert Männer. Alle sind bewaffnet.

Vimal wird von ihnen freudig begrüßt.

Du gehst hinter einer der Hütten in Deckung und beobachtest die Szene. Ist das Vimals Dorf? Was macht er hier? Will er nur mal kurz zu Hause vorbeischauen?

Nein!, sagst du dir. Das ist kein normales Dorf. Dann säßen dort auch Frauen und Kinder und die Männer hätten nicht alle Waffen. Ein einfacher Bauer kann sich gar keine Waffe leisten!

Aufmerksam belauschst du Vimal und die Männer. Du traust deinen Ohren nicht: Der Kerl plant einen Angriff auf den Maharadscha!

Dabei erwähnt Vimal auch einen Mann, der sie alle reich entlohnen will, wenn sie Shah Jahan töten. Den Namen des geheimnisvollen Auftraggebers kannst du jedoch nicht verstehen.

**Wenn du genug gehört hast,
lies weiter auf Seite** 99

**Wenn du weiter zuhörst,
lies weiter auf Seite** 71

Der Boden ist uneben, Wasser tropft auf dich herab. Durch schmale Ritzen in der Decke fällt schummriges Licht. Tiefer und tiefer dringst du in die Grotte vor.

Erneut ertönt dieses furchteinflößende Heulen. Du bekommst eine Gänsehaut. Was für eine Kreatur verbirgt sich hier?

Du hörst ein Zischen und Rasseln und bleibst stehen. Gerade noch rechtzeitig – denn vor dir ist eine Grube, in der sich Hunderte von Schlangen winden.

Du schaust dich um. Wenn du dich ganz eng an die Höhlenwand drückst, kannst du dich an der tödlichen Falle vorbeizwängen. Meter für Meter tastest du dich voran und erreichst schließlich die andere Seite der Grube. Puh!

Plötzlich kreischt etwas über dir. Erschrocken schaust du nach oben – dort kauert etwas an der Höhlendecke und faucht dich an!

**Wenn du fliehst,
lies weiter auf Seite**
117

**Wenn du bleibst,
lies weiter auf Seite**
16

„Nein, bleib hier!", hörst du deinen Vater rufen.
Doch du willst auch die letzten drei Diebe zur Strecke bringen und treibst deinen Elefanten zur Eile an.
Gopal pflügt durchs Dickicht und die Angreifer rennen um ihr Leben.
Kurz bevor ihr sie erwischt, klettern die Räuber auf hohe Bäume, wo Gopal sie nicht erreichen kann.
Was jetzt?

Wenn du die anderen Mahuts zu Hilfe holst, lies weiter auf Seite 56

Wenn du dir etwas anderes einfallen lässt, lies weiter auf Seite 87

„Ich bin gleich wieder da", sagst du und kletterst auf einen hohen Baum, um dir einen Überblick zu verschaffen.

Dein Herz setzt einen Schlag lang aus.

Auf einem Fels hoch über dem Weg thront ein mächtiger weißer Tiger, der seine Augen auf die Karawane gerichtet hat. Vermutlich hat Gopal das Raubtier gerochen und ist deswegen stehen geblieben.

Der riesige Tiger hält sich geduckt und wirkt angriffsbereit. Will er sein Revier verteidigen?

Noch nie hast du so einen prächtigen Tiger gesehen. Kein Wunder, dass der Maharadscha ihn besitzen will. Die Gelegenheit wäre günstig. Du müsstest nur vom Baum runtersteigen und Shah Jahans Jägern Bescheid geben, damit sie das Tier einkreisen.

Doch du zögerst. Dem stolzen Tiger droht ein Leben in Gefangenschaft. Der Gedanke macht dich traurig – und du fasst einen Entschluss. Schnell kletterst du nach unten.

„Ein Stück vor uns ist ein tiefer Fluss", erklärst du dem Maharadscha. „Da kommen wir nicht weiter."

Du lenkst Gopal in eine andere Richtung und reitest voraus. So lenkst du den Maharadscha und sein Gefolge vom weißen Tiger weg. Der Maharadscha hat sicher schon genug Tiere in seinem Park – der Tiger soll in Freiheit bleiben!

Ende

Dank deiner Überzeugungskraft nehmt ihr einen Umweg, auch wenn Vimal sehr zornig ist.

Wenig später gelangt ihr zu einer Furt. Hier könnt ihr den Fluss ohne Probleme überqueren.

Am Ufer sprichst du den Herrscher an: „Wenn Vimal aus dieser Gegend stammt und sich so gut auskennt, warum hat er uns dann nicht gleich zu dieser Furt geführt? An der anderen Stelle wäre es lebensgefährlich gewesen, den Fluss zu überqueren ... Womöglich wollte Vimal uns eine Falle stellen."

Shah Jahan hebt die Augenbrauen. „Berechtigter Einwand, kleiner Mahut!"

Dann pfeift er den Führer heran und stellt ihm einige unangenehme Fragen.

Vimal wird sichtlich nervös. Schließlich verliert er die Nerven und versucht wegzurennen.

Auf einen knappen Befehl des Maharadschas hin schickt ihm einer der Soldaten einen Pfeil hinterher, der sein Ziel auch trifft.

Ohne den ortskundigen Vimal habt ihr leider keine Chance mehr, den weißen Tiger zu finden. Allerdings lauft ihr ohne Vimal auch nicht mehr Gefahr, in eine Falle gelockt zu werden.

Ende

Ob der Wirt die Edelsteine wohl irgendwo hier versteckt hat?, überlegst du, während du dich mit Sunita durch die Dunkelheit tastest. Du nimmst dir vor, das Haus gründlich zu durchsuchen.
Doch da trittst du mit dem rechten Fuß gegen etwas, was polternd umfällt.
Dein Herz bleibt stehen.
„Wer ist da?", hörst du eine ärgerliche Stimme.

**Wenn du mit Sunita die Flucht ergreifst,
lies weiter auf Seite** 72

**Wenn du versuchst, ein Versteck zu finden,
lies weiter auf Seite** 70

Von einem kleinen Schoßhund lässt du dich nicht aufhalten, schließlich willst du die Smaragde wiederfinden. Unbeirrt gehst du weiter, während Sunita Angst hat und zurückbleibt. Das hättest du lieber auch tun sollen! Denn das ist kein kleiner Schoßhund, der das Haus des Schmuckhändlers bewacht, sondern ein ziemlich großer mit scharfen Zähnen.

Er wirft dich zu Boden und verbeißt sich in deinem Bein. Zum Glück kannst du dich auf Sunita verlassen. Mit Stockhieben vertreibt sie das Biest.

Eilig humpelst du mit deiner Freundin davon.

Das war dir eine Lehre. Ab sofort kümmerst du dich nur noch um deine eigenen Sachen und steckst deine Nase nicht mehr in Dinge, die dich nichts angehen.

Dein Bein braucht drei Wochen, bis es wieder voll belastbar ist.

Und die Smaragde? Die bleiben verschwunden.

Ende

Auf Zehenspitzen erreicht ihr eine Tür, die nur angelehnt ist. Du schielst durch den Spalt.

Dort sitzt Naresh mit einem anderen Mann. Den kennst du doch! Das ist einer der Aufseher auf der Baustelle des Taj Mahal, ein brutaler Kerl namens Jivan mit einer langen Narbe auf dem rechten Unterarm. Die Männer unterhalten sich und lachen.

„Das war wieder ein guter Fang", sagt Jivan. „Wenn das so weitergeht, muss ich nicht mehr lange auf der Baustelle schuften!"

Du und schuften!, denkst du. Du machst doch keinen Finger krumm!

„Ja, noch eine große Sache und wir haben ausgesorgt", erwidert Naresh.

Du wirfst Sunita einen vielsagenden Blick zu. *Noch eine große Sache …*

„Wann willst du es tun?", fragt Naresh.

„Morgen Mittag", antwortet Jivan.

Dann reden die beiden wieder über alltägliche Dinge.

Leise tretet ihr den Rückzug an.

„Die wollen wieder Edelsteine stehlen, da bin ich mir sicher", sagst du, als ihr draußen seid.

„Die Frage ist nur, wo: auf der Baustelle oder im Gasthaus?", überlegt Sunita. „Wo sollen wir uns auf die Lauer legen?"

Wenn du dich für das Gasthaus entscheidest, lies weiter auf Seite **73**

Wenn du die Baustelle wählst, lies weiter auf Seite **83**

Das war bestimmt nur der Wind, der in den Blättern gera-
schelt hat. Außerdem brauchst du deinen Schlaf, denn euch
steht ein langer, anstrengender Ritt bevor. Also machst du
die Augen wieder zu. Du schläfst tief und traumlos.

Doch am Morgen weckt dich ein fürchterlicher Schrei!

Verschlafen richtest du dich auf und schaust dich um. Die
anderen Mahuts sind schon alle auf den Beinen. Es herrscht
große Aufregung.

Schnell erfährst du den Grund: Einige eurer Elefanten sind
weg, darunter auch Gopal!

Deine Knie werden weich.

Bitte nicht!, denkst du. Doch der Platz, wo Gopal gestern
Abend noch stand, ist leer.

„Eine Bande muss die Tiere in der Nacht weggetrieben haben!" flucht dein Vater. „Wie konnten wir das nur über-
hören?"

„Wir hätten Wachen aufstellen sollen", sagt ein anderer Mahut zerknirscht.

Du bist völlig fertig. Das Rascheln in der Nacht – das war
nicht der Wind, das waren Diebe! Doch das behältst du besser
für dich.

Dein Vater schickt dich mit den anderen Mahuts, deren Elefanten ebenfalls gestohlen wurden, zurück nach Agra. Dann
setzt die Gruppe ihre Reise fort.

Ohne dich. Ohne Gopal. Du bist untröstlich. Gopal war doch
dein bester Freund …

Ende

Der Bote läuft in den riesigen Park am Taj Mahal. Du bleibst an ihm dran. Schließlich erreicht er einen offenen Pavillon mit wunderschönen Holzschnitzereien, der an einem Teich liegt. Dort sitzt ein Mann, der dir den Rücken zudreht, sodass du sein Gesicht nicht sehen kannst. Der Bote betritt den Pavillon und nimmt neben dem Unbekannten Platz.

Du zögerst einen Moment – wer ist der andere Mann?

Um das herauszufinden, gehst du ein Stück um den Teich herum, bis du das Gesicht des Fremden siehst. Du staunst: Das ist ja Prinz Alamgir, der Sohn des Maharadschas!

Das Gespräch der beiden dauert nur ein paar Minuten. Dann erhebt sich der Prinz abrupt und verlässt den Pavillon.

Verwirrt kehrst du in die Küche zurück und beratschlagst dich heimlich mit Sunita. Aber auch sie weiß nicht weiter.

Beim Festessen am Abend bricht der Maharadscha plötzlich zusammen. Schnell stellt sich heraus, dass er vergiftet wurde. Doch zum Glück überlebt Shah Jahan.

Ihr grübelt: Hat der Anschlag etwas mit dem Boten, der Köchin und dem Prinzen zu tun? Aber was ist, wenn du diese Leute zu Unrecht anklagst – vor allem den mächtigen Prinzen? Das könnte dich den Kopf kosten …

Wenn du beim Maharadscha vorsprichst, lies weiter auf Seite **34**

Wenn du erst Beweise sammeln willst, lies weiter auf Seite **49**

Ihr presst euch neben einem hohen Schrank an die Wand und wartet mit rasenden Herzen. Jemand stürmt heran, schwere Schritte dröhnen auf dem Holzboden. Ein Licht wandert auf euch zu.

Verflucht, jetzt wird man euch entdecken!

„Wen haben wir denn da?", ruft Naresh, eine Kerze in der einen, ein Messer in der anderen Hand. Drohend baut er sich vor euch auf.

Da springt Sunita den Wirt an und schlägt ihm die Kerze aus der Hand – sofort wird es dunkel.

„Das darf ja wohl nicht …"

Weiter kommt Naresh nicht, weil du ihn mit einem Hieb unters Kinn ins Reich der Träume schickst.

„Guter Treffer", lobt Sunita dich.

Dann nutzt ihr die Gelegenheit und durchsucht das Haus. Und findet tatsächlich einen Beutel mit Smaragden! Damit macht ihr euch aus dem Staub und zeigt euren Fund am nächsten Tag dem bestohlenen Händler und den Wachen.

Naresh wird verhaftet. Ihr hingegen werdet als Helden gefeiert!

Ende

Wer ist dieser geheimnisvolle Auftraggeber? Das interessiert dich brennend. Also bleibst du in deinem Versteck und hörst weiter zu.

Dann fällt er, der Name. Und dieser Name sorgt dafür, dass dir schwindlig wird: Prinz Alamgir, der Sohn des Herrschers! Das darf doch nicht wahr sein. Hast du dich verhört?

Nein! Wieder nennt Vimal den Namen des Prinzen.

Dein Herz schlägt wie wild. Will der Prinz seinen Vater beseitigen, um selbst an die Macht zu gelangen?

Du willst losrennen, um den Maharadscha zu warnen, doch die Furcht vor seiner Reaktion hält dich zurück. Was ist, wenn dir Shah Jahan nicht glaubt?

Wenn du den Herrscher dennoch vor seinem eigenen Sohn warnst, lies weiter auf Seite **111**

Wenn du den Herrscher lediglich vor Vimal und dem bevorstehenden Angriff warnst, lies weiter auf Seite **48**

Kopflos lauft ihr los. Hinter euch flucht jemand und du zweifelst keine Sekunde daran, dass es sich dabei um Naresh handelt.

Am Ende des Korridors geht es nach rechts. Ihr stürmt um die Ecke, gelangt in die Küche – und bremst scharf ab.

Eine Frau steht euch gegenüber und schwingt einen Knüppel. Das muss Nareshs Frau sein. Ihr sitzt in der Falle!

Sunita ergreift die Initiative und täuscht einen Angriff von links an. Mit voller Wucht schlägt die Wirtin zu, doch Sunita duckt sich rechtzeitig zur Seite. Durch den Schwung gerät die Frau aus dem Gleichgewicht. Sunita rammt sie mit der Schulter und die Wirtin geht zu Boden. Jetzt greifst du ebenfalls ein und kickst den Knüppel weg.

Doch bevor du dich freuen kannst, wirft sich Naresh von hinten auf dich. Ihr habt keine Chance. Die beiden überwältigen und fesseln euch an Händen und Füßen.

„Jetzt könnt ihr was erleben, ihr kleinen Diebe!", ruft Naresh.

„Ja, ich hole die Wachen", sagt seine Frau. „Die werfen euch in den Kerker. Dort werdet ihr verrotten!"

Wenn du versuchst, das zu verhindern, lies weiter auf Seite

100

Wenn du dem gelassen entgegensiehst, lies weiter auf Seite

115

Am nächsten Tag bindest du Gopal in der Mittagspause an einen Pflock und saust zum Gasthaus. Sunita wartet schon auf dich.

Nareshs Lokal ist total überfüllt. Das freut dich, denn so könnt ihr euch gut unter die Gäste mischen. Naresh und seine Mitarbeiter sind voll und ganz damit beschäftigt, Bestellungen aufzunehmen und die Gäste zu bedienen. Sie bemerken euch nicht.

„Bestimmt sind die Zimmer gerade alle verlassen", flüstert dir Sunita ins Ohr. „Jetzt wäre der ideale Zeitpunkt, um dort etwas zu stehlen!"

Ihr behaltet Naresh genau im Auge. Als er für längere Zeit in der Küche verschwindet, werdet ihr unruhig.

„Ob es von der Küche irgendeine Verbindung hinauf zu den Zimmern der Gäste gibt?", überlegst du.

Da fliegt die Tür zum Gasthaus auf und eine Frau stürzt herein.

„Habt ihr schon gehört? Es wurden wieder Edelsteine am Taj Mahal gestohlen!", ruft sie empört.

Oh nein!, denkst du. Ihr wart am falschen Ort. Die Diebe haben doch auf der Baustelle zugeschlagen – Nareshs Gasthaus war keine gute Wahl für eure heimlichen Ermittlungen ...

Ende

Sunita schneidet sich in den Finger. Nicht besonders tief, aber es blutet. Deine Freundin schreit wie am Spieß.
Wütend stürzt Chandra herbei. „Was soll das Theater?"
Hinter ihrem Rücken schleichst du zu dem Säckchen. Niemand bemerkt, wie du es in deinem Dhoti verschwinden lässt.
„Das ist doch nur ein Kratzer!", schimpft die Oberköchin Sunita aus und läuft wieder zu dem Tisch, an dem sie gerade gearbeitet hat. Sie bemerkt natürlich sofort, dass der kleine Beutel verschwunden ist.
„Wer hat das Säckchen weggenommen?", kreischt sie.
Niemand antwortet.
Chandra ist außer sich – aber das ist euch egal.
In einer Pause schleicht ihr aus der Küche und werdet zum Maharadscha vorgelassen. Ihr zeigt ihm das geheimnisvolle Pulver.
Shah Jahan lässt einen Kräuterkundigen holen, der die Mischung untersucht.
„Gift!", sagt er erschrocken.
Sofort werden Chandra und der Bote verhaftet. Sie geben zu, dass sie den Herrscher vergiften wollten – im Auftrag von Alamgir, dem Sohn von Shah Jahan. Der Prinz wollte an die Macht kommen. Doch dank euch wurde dieser finstere Plan vereitelt!

Ende

Du entschließt dich dagegen, denn du möchtest Gopal nicht unbeaufsichtigt lassen. Also wartest du geduldig, bis die Soldaten auch dich durchsuchen. Natürlich finden sie nichts und du darfst mit deinem Elefanten gehen.

Später erfährst du, dass die Edelsteine bei niemandem gefunden wurden. Das wundert dich sehr. Wie sind die Täter entkommen? Doch dieses Rätsel bleibt ungelöst. Die Steine bleiben für immer verschwunden.

Ende

Dein Herz schlägt so schnell wie das einer fliehenden Maus, als du mit dem Dolch in der Hand nach oben schleichst. Deine Gedanken überschlagen sich. Was sollst du sagen, wenn man dich mit der wertvollen Waffe in der Hand sieht? Wird man dir glauben, wenn du die Wahrheit sagst? Oder sollst du lieber …?

„Halt, wer ist da?", dröhnt eine Stimme aus dem Halbdunkel. Zitternd siehst du, wie eine große Gestalt mit Laterne auf dich zuwankt – vermutlich ein Gefängnisaufseher. Schnell lässt du den Dolch hinter deinem Rücken verschwinden.

Kannst du dem fremden Mann trauen oder ist auch er ein Dieb?

**Wenn du den Mann angreifst,
lies weiter auf Seite**   **101**

**Wenn du wegläufst,
lies weiter auf Seite**   **116**

Shah Jahan tobt und schimpft. Du willst ihn nicht noch mehr reizen und gehst ihm erst einmal aus dem Weg.

Du wartest darauf, dass sich der Maharadscha wieder beruhigt und du ihn auf die Lüge der Palastwache hinweisen kannst. Vergebens, denn als die Soldaten, die Shah Jahan ausgeschickt hat, unverrichteter Dinge zurückkehren, steigert sich seine Wut nur noch mehr.

Also lässt du die Sache lieber auf sich beruhen.

Schließlich gibt der Maharadscha den Auftrag, ihm einen neuen Dolch anzufertigen, der seinem Lieblingsstück absolut gleicht. Doch der Dieb wird nie gefasst.

Ende

Du zeigst einem Aufseher, was dir aufgefallen ist.

„Das ist ein Fall für den Maharadscha persönlich", meint der Mann. „Ich werde dich zu ihm bringen!"

Zum Maharadscha? Was für eine Ehre!

Aufgeregt marschierst du mit dem Aufseher zum Palast, dem Roten Fort. Er führt dich durch lange Gänge mit kunstvollen Mosaiken. Schließlich wirst du in einen eher schlichten Nebenraum gebracht und sollst dort warten.

Nach einigen Minuten erscheint jedoch nicht Shah Jahan, sondern eine wunderschöne Inderin in einem seidenen Sari: Devi, die neue Frau an der Seite des Herrschers. In ihren Haaren glänzen Perlen, an ihren Handgelenken funkeln Ringe aus Gold.

„Du scheinst ein kluger Junge zu sein", sagt sie herablassend. „Jemand, der über einen scharfen Verstand verfügt und gute Augen hat."

Du bist verwirrt … Was soll das?

„Du hast völlig richtig erkannt, dass das Brett angesägt wurde", fährt Devi fort. „Dafür habe ich gesorgt, weil ich nicht will, dass das Taj Mahal fertig wird. Es wird immer an Mumtaz Mahal erinnern, und das ist nicht in meinem Sinne. Ich habe diese Frau gehasst!"

Du bekommst weiche Knie. Devi steckt hinter dem Anschlag! Und der Aufseher ist offenbar ihr Komplize. Was jetzt?

**Wenn du zu fliehen versuchst,
lies weiter auf Seite** 55

**Wenn du abwartest,
lies weiter auf Seite** 86

„Halt, wo willst du hin?", blafft dich ein Aufseher an, als du dich mit Gopal aus dem Staub machen willst.

Du drehst dich um. Der Aufseher hat eine Peitsche in der Hand. Du erklärst ihm, was du vorhast.

„Wo kommen wir denn da hin, wenn alle gehen, wann sie wollen?", brüllt der Mann. „Du hast deine Arbeit zu erledigen!"

„Aber die anderen sind auch gegangen. Wir haben Angst vor dem Zorn der Götter!", verteidigst du dich.

„Ich sehe keine anderen, ich sehe nur dich. Zur Strafe für deinen Ungehorsam wirst du ab sofort die niedrigsten Arbeiten im Palast des Maharadschas verrichten!", befiehlt der Aufseher.

**Wenn du einfach weggehst,
lies weiter auf Seite** 96

**Wenn du gehorchst,
lies weiter auf Seite** 36

Dieser bösen Schlange wirst du natürlich nicht helfen, das ist ja wohl klar!

Ohne etwas zu sagen, wendest du dich ab und gehst zielstrebig zur Tür. Du musst den Maharadscha informieren.

Im Türrahmen drehst du dich noch einmal um.

Devi hat sich nicht vom Fleck gerührt. Ihr Gesicht ist eine schöne, aber starre Maske, ihr Blick ist kalt und böse.

„Du hattest deine Chance", sagt sie leise. „Aber du hast sie nicht genutzt."

Dann schnippt sie mit den Fingern. Zwei Wachen stürzen sich wie Raubtiere auf dich und stecken dich in eine lichtlose Zelle – bis ans Ende deiner Tage.

Ende

„Schau!", sagst du zu Sunita und deutest zu Jivan. Während alle anderen Männer helfen, den Brand unter Kontrolle zu bekommen, bewegt er sich unauffällig auf das Zelt mit den Edelsteinen zu. Auch die beiden Wächter unterstützen die anderen bei der Brandbekämpfung. Niemand bewacht das Zelt …

„Bestimmt hat Jivan das Feuer gelegt, um alle abzulenken", flüsterst du Sunita zu. „Und jetzt schlägt er zu."

Dein Verdacht bestätigt sich, als der Aufseher kurz darauf in das Zelt mit den Wertsachen schlüpft!

Sunita hebt zwei Holzstangen vom Boden auf. „Wir müssen den Diebstahl verhindern! Und zwar hiermit!"

Ihr postiert euch rechts und links vom Eingang des Zelts – und als Jivan wieder auftaucht, verpasst ihr ihm beide einen Schlag auf den Kopf. Bewusstlos sackt der Aufseher zusammen. Ihr durchsucht seine Kleidung – und findet einen Lederbeutel mit den Edelsteinen!

Ihr habt den Fall gelöst und werdet von allen gefeiert.

Ende

Bei Sonnenaufgang bist du wieder auf der Baustelle, natürlich begleitet von deinem besten Freund: Gopal.
Auch Jivan ist da und treibt die Arbeiter an.
Gegen Mittag, als die Sonne unbarmherzig auf euch herabbrennt, legt ihr eine Pause ein. Die Arbeiter ziehen sich in den Schatten der Bäume oder unter einfache Planen zurück, trinken Tee und essen etwas.
Die Aufseher bleiben unter sich. Neben ihrem Unterstand ist ein Zelt, in dem die Edelsteine und andere wertvolle Materialien für den Bau des Taj Mahal aufbewahrt werden. Vor dem einzigen Zugang stehen zwei schwer bewaffnete Wachen.
Du versorgst Gopal und behältst Jivan im Auge.
Da flitzt Sunita heran. „Und?", fragt sie mit großen Augen.
„Noch nichts", erwiderst du. „Ich frage mich, wie Jivan an die Edelsteine herankommen will."
Kurz darauf hört ihr lautes Geschrei. Der Unterstand der Aufseher steht in Flammen!

**Wenn du beim Löschen hilfst,
lies weiter auf Seite**   98

**Wenn du dich weiter auf Jivan konzentrierst,
lies weiter auf Seite**   82

„Kommt nicht infrage!", ruft der Maharadscha zornig und schlägt mit einem goldenen Stock auf deinen Elefanten ein, was dir überhaupt nicht gefällt.

Gopal scheint die Schläge nicht zu spüren. Er dreht sich einfach um und marschiert in die andere Richtung. Alle weichen zur Seite und lassen das tonnenschwere Tier durch.

„Unternimm etwas!", schreit Shah Jahan dir zu. „Du bist der Mahut!"

„Wir sollten auf Gopal hören, ein Elefant spürt die Gefahr!", erwiderst du mutig.

„Welche Gefahr?", brüllt Shah Jahan.

„Das weiß ich nicht", gibst du zu. „Wenn ich es wüsste, wäre es vielleicht schon zu spät. Und niemand wünscht, dass Ihr, edler Herrscher, zu Schaden kommt."

„Das ist wohl wahr", sagt der Maharadscha. „Also gut, dann suchen wir eben einen anderen Weg."

Einen Monat irrt ihr noch durch den Dschungel. Doch den weißen Tiger findet ihr nicht. Schließlich kehrt ihr nach Agra zurück.

Als Belohnung dafür, dass du den Maharadscha vor dem Überfall bewahrt hast, darfst du mit Gopal von nun an im Palast leben. Und wenn der Herrscher ausreitet, dann tut er das auf deinem Elefanten, was dich sehr stolz macht.

Ende

Wenn das mal gut geht, denkst du und willst Gopal in den Fluss führen. Doch das kluge Tier weigert sich. Und wenn ein Elefant etwas nicht will, dann macht er es auch nicht.

Wütend steigt der Maharadscha von Gopal herab und nimmt sich ein Pferd. Dann reitet er voraus. Die Soldaten folgen ihm.

Du bleibst mit Gopal am Ufer und bemerkst, dass sich euer Führer Vimal zurückfallen lässt … Das kann kein Zufall sein! Hat der Kerl euch in eine Falle gelockt?

Plötzlich strauchelt das Pferd des Maharadschas. Shah Jahan droht zu ertrinken. Und die Wachen können ihm nicht helfen, die Strömung ist zu stark!

Da zückt Vimal seinen Krummsäbel und greift dich an. „Es darf keine Zeugen geben!", zischt er.

Du ahnst, dass dieser Verbrecher den Herrscher und sein Gefolge ertrinken lassen will, um ihre Wertsachen zu stehlen.

Mit dem Ankus verteidigst du dich gegen Vimal und verpasst ihm einen Tritt vor die Brust, sodass er genau vor Gopals Füße stürzt. Der Elefant wirft den Führer mit seinem Rüssel in den Fluss. Sofort wird Vimal von der Strömung mitgerissen.

Schnell brichst du einen langen Ast ab und streckst ihn dem Herrscher entgegen. Mit letzter Kraft klammert sich der Maharadscha daran fest.

„Tausend Dank", murmelt Shah Jahan.

Die Suche nach dem Tiger wird abgebrochen und ihr kehrt nach Agra zurück. Dass ihr alle heil dort ankommt, ist allein dein Verdienst.

Ende

Devi blickt dir tief in die Augen und du hast das Gefühl, dass sie dir geradewegs ins Herz schaut.

„Wie gesagt, ich halte dich für ein schlaues Kerlchen", wiederholt sie. „Du könntest für mich arbeiten und mir helfen, dass dieses verfluchte Taj Mahal niemals fertig wird. Ich würde dich dafür reich entlohnen."

**Wenn du so tust,
als würdest du dich darauf einlassen,
lies weiter auf Seite** 23

**Wenn du ablehnst,
lies weiter auf Seite** 81

„Kommt da runter!", brüllst du und schwenkst drohend den Ankus.

Doch die Männer lachen dich nur aus.

Na gut! Die Kerle wollten es ja nicht anders …

Du befiehlst Gopal, die Bäume umzuknicken. Mit seinem schweren Körper drückt er so lange gegen einen der Stämme, bis er bricht – schon landet der erste Räuber auf dem Boden und bleibt benommen dort liegen. Du zerreißt sein Hemd und fesselst ihn mit den Fetzen.

Dann sind die beiden anderen Diebe an der Reihe. Gopal leistet wirklich ganze Arbeit!

Als schließlich alle Räuber gefesselt sind, reitest du mit Gopal stolz zu deinem Vater und den anderen Mahuts. Du berichtest ihnen von euren Heldentaten und ihr werdet beide mit Lob überschüttet.

Ende

„Gopal ist erschöpft von der vielen Arbeit", sagst du zu deinem Vater. „Wir sollten ihn nicht auf so eine lange Reise schicken."

Arjun starrt dich zornig an. „Was redest du da, mein Sohn? Wir sind alle erschöpft, aber wir müssen unserem Herrn gehorchen!"

Doch du bleibst stur.

„Du bist ein schlechter Mahut", schimpft dein Vater. „Du bist faul und benutzt deinen Elefanten als Vorwand! Gopal würde die Reise ohne Probleme überstehen, das sagt mir meine Erfahrung."

Du wehrst dich vehement gegen die Vorwürfe, fühlst dich aber auch ein wenig ertappt.

Da wird Arjun noch wütender und brüllt: „Ich nehme dir Gopal weg und gebe ihn deinem Bruder! Du kannst ab jetzt auf den Feldern arbeiten – zu mehr bist du nicht zu gebrauchen!"

Was für eine Schande!

Als dein Vater später mit einigen anderen Mahuts nach Rajasthan aufbricht, schaust du ihm lange nach.

Wie kannst du diese Schmach nur tilgen?

**Wenn du deinem Vater folgst,
lies weiter auf Seite**

118

**Wenn du daheim bleibst,
lies weiter auf Seite**

17

Voller Wut auf die Männer, die deinen Vater und die anderen Mahuts gefesselt und die Elefanten gestohlen haben, kletterst du auf Gopals Rücken. Du treibst ihn auf die nächstgelegene Hütte zu. Dann befiehlst du ihm, die Hütte zu zerlegen. Er gehorcht dir aufs Wort. Es splittert und kracht, als die ersten Wände einstürzen.

Sofort erhebt sich großes Geschrei. Panisch stürmen die Räuber aus ihren Hütten. Sie versuchen, Gopal zu stoppen, aber das ist unmöglich. Was dein treuer Freund einmal angefangen hat, das bringt er auch zu Ende.

Gopal zerlegt Hütte um Hütte. Als du den Elefanten auch noch auf die Räuber losgehen lässt, fliehen sie kreischend in den Dschungel.

Nun kannst du in Ruhe die Fesseln der anderen Tiere lösen. Wie in einem Triumphzug kehrst du mit ihnen zu deinen Leuten zurück!

Ende

Du schleichst den Tätern hinterher, wobei du sehr genau darauf achtest, keinen Lärm zu verursachen. Deinen Ankus hast du dabei.

Die Diebe treiben eure Elefanten durch die Nacht und die gutmütigen Tiere gehorchen ihnen.

Bestimmt wollen die Räuber sie verkaufen. Ein guter Arbeitselefant ist ein Vermögen wert.

Nach einiger Zeit führt der Weg steil bergan. Schließlich gelangt ihr in ein Dorf, das an einem Hang liegt. Die Elefanten werden auf einem Platz zusammengetrieben. Die Räuber legen ihnen Fußfesseln aus Eisen an und verschwinden dann in ihren Hütten.

Du fluchst leise. Diese blöden Fesseln! Ohne die Dinger könntest du die Elefanten vielleicht befreien und zu eurem Lagerplatz zurückführen!

Wenn du versuchst, die Fesseln mit dem Ankus aufzubrechen, lies weiter auf Seite

110

Wenn du lieber zu eurem Lagerplatz zurückläufst und Verstärkung holst, lies weiter auf Seite

108

Eine Woche vergeht. Alle bangen um das Leben des Maharadschas.

Und dann – am achten Tag nach dem Festessen – ist Shah Jahan endlich wieder kräftig genug, um aufzustehen. Er hat die Krankheit besiegt! Im ganzen Land wird gefeiert.

Auch du freust dich. Trotzdem würdest du natürlich unheimlich gern wissen, ob der Maharadscha vergiftet wurde oder ob er sich nur den Magen verdorben hat. Doch das wirst du nie erfahren.

Nach einer weiteren Woche in der Palastküche kehrst du endlich nach Hause zurück. Denn auch Gopal ist wieder ganz gesund. Du bist ziemlich erleichtert, dass es deinem großen Freund gut geht. Schon am nächsten Tag reitest du wieder auf Gopals Rücken zur Arbeit. Wie schön ist es doch, ein Mahut zu sein!

Ende

Du gibst Gopal zu verstehen, dass er hier auf dich warten soll. Dann folgst du dem Fremden.

Der junge Mann erreicht die Mauer des Taj Mahal. Hier wurden keine Wachen postiert, weil es unmöglich ist, ungesehen über die meterhohen Mauern zu entkommen.

Über die Mauern vielleicht nicht, aber *durch sie hindurch!*

Staunend beobachtest du, wie der Fremde durch einen schmalen Spalt im Mauerwerk schlüpft und im Inneren des Taj Mahal verschwindet.

Wenn du die Wachen rufst,
lies weiter auf Seite　　102

Wenn du dem Fremden folgst,
lies weiter auf Seite　　94

Widerstrebend hört Sunita auf dich.
Stunden später beginnt das Festessen. Der Speisesaal ist voller Würdenträger. Tänzerinnen, Feuerschlucker, Akrobaten und Schlangenbeschwörer sorgen für Unterhaltung.
Unterdessen dirigiert Chandra ihr kleines Heer von Küchenhelfern wie ein Offizier seine Soldaten in der Schlacht. Schließlich wird das Lammfleisch aufgetragen, über das Chandra das Pulver gestreut hat.
Mit großem Appetit macht sich der Maharadscha über den Braten her und lobt seinen vorzüglichen Geschmack.
Hoffentlich geht alles gut!, denkst du dir, als du Wasser nachschenkst. Auch Sunita, die gerade ebenfalls Getränke ausschenkt, lässt den Herrscher nicht aus den Augen.
Doch es passiert nichts Ungewöhnliches. Shah Jahan isst fröhlich weiter. Erst weit nach Mitternacht löst sich die feine Gesellschaft auf.
Nachdenklich gehst du mit Sunita nach Hause.
„Vielleicht wirkt das Gift ja ganz langsam", sagt sie.
„Wir werden sehen", erwiderst du nur.
Am nächsten Morgen seid ihr wieder im Palast und erfahrt, dass der Maharadscha zur Jagd aufgebrochen ist. Also scheint es ihm gut zu gehen.
Vielleicht war das geheimnisvolle Pulver ja doch nur ein besonders wertvolles Gewürz – eine Geheimwaffe der Küche sozusagen ...

Ende

Auch dir gelingt es, ungesehen in das Grabmal vorzudringen. Im Inneren ist es angenehm kühl.

Oje, was tust du da? Wenn die Wachen dich erwischen, werden sie dich einen Kopf kürzer machen! Doch du musst unbedingt herausfinden, was der Unbekannte vorhat.

Einige Meter vor dir huscht ein Schatten zu einer Treppe, die nach unten führt. Mit weichen Knien folgst du dem Fremden. Stufe für Stufe steigst du hinunter. Du ahnst, dass dieser Weg in die Krypta führt, wo der Sarg von Mumtaz Mahal stehen wird, sobald das Bauwerk fertig ist. Ein Schauer läuft dir den Rücken hinunter, als du die Gruft betrittst. Hier ist es noch kälter und dunkler und absolut still. Du gehst hinter einem Sockel in Deckung und peilst die Lage: Wo ist der Verdächtige?

Die Antwort folgt prompt. Ein Schatten stürzt auf dich zu! Du lässt dich instinktiv nach hinten fallen und ziehst die Beine hoch. Damit katapultierst du den Angreifer über dich hinweg. Der Mann kracht mit einem Schrei auf den Boden – er ist bewusstlos. Schnell durchsuchst du ihn und findest die Edelsteine! Damit rennst du zurück nach draußen und alarmierst die Wachen.

Alle sind überrascht – und begeistert von deiner Heldentat!

Ende

Du siehst der Karawane nach, als sie das Rote Fort verlässt. Dann machst du dich wieder an die Arbeit.

Zwei Wochen später erfährst du, dass die Expedition katastrophal endete. Bei dem Versuch, den Rubin in einem weit verzweigten Höhlengebiet zu finden, sind viele Männer des Maharadschas ums Leben gekommen. Er selbst wurde schwer verletzt.

Der sagenumwobene Stein wurde nicht gefunden, alle Opfer und Strapazen waren umsonst. Du bist sehr froh, dass du dich der Expedition nicht angeschlossen hast.

Ende

Dieser Kerl hat dir überhaupt nichts zu sagen, denkst du und drehst dich einfach um. Da trifft dich ein Peitschenhieb. Aua, tut das weh!

„Kannst du nicht hören, du dummer Junge?", brüllt der brutale Aufseher.

Doch er hat nicht mit Gopal gerechnet. Dein großer Freund packt den Schläger mit seinem Rüssel und hebt ihn hoch.

Der Mann schlägt mit der Peitsche um sich, was Gopal ziemlich lästig findet. Kurzerhand schleudert er den Mann in den nahen Fluss.

Die Umstehenden beginnen zu lachen.

Prustend taucht der Aufseher auf und stapft ans Ufer.

„Das wirst du bereuen!", kreischt er. Doch er traut sich angesichts des schnaubenden Gopal nicht noch einmal, dich zu schlagen.

Unter dem Beifall der anderen Arbeiter verlasst ihr die Baustelle.

Gemeinsam mit deinem Vater nimmst du eine andere Arbeitsstelle an, bei der man ebenfalls auf die Dienste der kräftigen Elefanten angewiesen ist: Ihr transportiert jetzt schwere Holzstämme aus einem Wald nach Agra.

Für das Taj Mahal krümmst du keinen Finger mehr.

Ende

Alle helfen mit, das Feuer zu löschen, auch Sunita und du – und vor allem auch die beiden Wächter, die eigentlich das Zelt mit den Wertsachen bewachen sollten.

So bekommt ihr alle nicht mit, wie Jivan in dieses Zelt schleicht und die Edelsteine stiehlt! Rasch schiebt er sie in einen Lederbeutel und versteckt ihn unter einem Stapel mit Baumaterial. Dann beteiligt er sich an den Löscharbeiten.

Als der Diebstahl später bemerkt wird, seid ihr wie vor den Kopf geschlagen.

Ihr habt einfach nicht gut genug aufgepasst!

Ende

So schnell du kannst, rennst du zurück zu eurem Lager und schlägst Alarm.

Sofort schickt der Maharadscha seine besten Krieger los. Du führst sie zu Vimals Dorf. Die Räuber sind zwar in der Überzahl, aber bei Weitem nicht so gut trainiert wie die Soldaten des Herrschers. Alle werden verhaftet, auch der Verräter Vimal.

Als ihr ins Lager zurückkehrt, lobt Shah Jahan dich vor der gesamten Gefolgschaft. Du bist natürlich wahnsinnig stolz.

Am nächsten Morgen setzt ihr die Suche nach dem weißen Tiger fort. Euch fehlt ein erfahrener Führer, doch der Maharadscha glaubt, dass die Götter auf seiner Seite sind und ihm den Weg weisen werden.

Hoffentlich hat er damit Recht, denkst du, während du neben Gopal herläufst. Shah Jahan sitzt wieder auf deinem Elefanten. Nachdem ihr mehrere Stunden durch den Dschungel geirrt seid, bleibt Gopal plötzlich stehen. Du redest deinem Freund gut zu, doch der Elefant bewegt sich nicht. Du siehst Gopal an, dass er nervös ist. Droht euch Gefahr?

Wenn du vorschlägst umzudrehen, lies weiter auf Seite 84

Wenn du absteigst und die Gegend unter die Lupe nimmst, lies weiter auf Seite 62

„Wenn ihr die Wachen ruft, können sie ja gleich euer Haus durchsuchen", sagst du kühn. „Ich bin mir ziemlich sicher, dass sie dort etwas finden werden, was euch gar nicht gehört."

„Das wagst du nicht!", zischt Naresh.

„Doch, natürlich."

Da zieht die Frau ihren Mann beiseite und flüstert ihm etwas ins Ohr. Anschließend verlassen die beiden den Raum.

„Die verstecken die Beute, bevor sie die Wachen alarmieren", vermutest du. „Und dann stehen wir dumm da …"

„Stimmt. Wir müssen uns von den Fesseln befreien", sagt Sunita und schaut sich in der Küche um. „Auf dem Tisch liegt ein Messer!"

Mit ihren gefesselten Beinen hüpft sie zum Tisch, packt das Messer mit den Zähnen und kommt zu dir zurück. Dann schneidet sie vorsichtig die Fesseln an deinen Händen durch. Jetzt kannst du Sunita befreien! Ihr schlüpft aus dem Haus und stoßt ganz in der Nähe auf eine Patrouille. Rasch erklärt ihr, was vorgefallen ist. Die Wachen stürmen das Gasthaus und finden die Edelsteine. Naresh und seine Frau werden verhaftet – und ihr bekommt eine große Belohnung!

Ende

Die stecken hier doch bestimmt alle unter einer Decke!, denkst du dir und stürmst mit dem Dolch des Maharadschas auf den Unbekannten zu.
Doch der Mann erkennt die Gefahr rechtzeitig, wehrt deine Attacke ab und schlägt dich nieder. Bevor du dich aufrappeln kannst, siehst du ein Messer auf dich zufliegen. Und du weißt: Das ist dein

Ende

102 Aufgeregt deutest du auf den Spalt in der Mauer und schlägst Alarm. Sofort durchsuchen die Wachen das Taj Mahal. Dank deines Tipps werden sie fündig: Der Fremde hat sich tief im Inneren der Grabstätte von Mumtaz Mahal versteckt – und zwar mit den Edelsteinen, die er zuvor gestohlen hat.
Man feiert dich und du bekommst vom Maharadscha Shah Jahan persönlich einen Smaragd als Belohnung. Jetzt bist du reich!

Ende

Du gehst zu einem der Knechte, die sich um die Packtiere kümmern, und sagst ihm, man hätte dich ihm zugeteilt. Der Mann ist froh über jede Hilfe. Damit gehörst du jetzt also auch zur Expedition – das war leicht!

Durch das Palasttor gelangt ihr in die Stadt Agra und von dort aus in den Dschungel.

Einen Rubin, der ewiges Leben verspricht, würdest auch du gern besitzen!

Tagelang zieht ihr durch das unwegsame Gebiet. Unterwegs erfährst du, dass euer Ziel ein kaum bewohntes Berggelände mit tiefen Höhlen ist. In einer dieser Höhlen soll der Rubin verborgen sein – bewacht von einem sonderbaren Wesen. So wurde es dem Maharadscha bei einem seiner Festessen erzählt.

Am elften Tag der beschwerlichen Reise erreicht ihr euer Ziel und beginnt, die vielen Höhlen zu durchsuchen.

„Wer mir den Rubin bringt, den überschütte ich mit Gold!", kündigt der Herrscher an.

Bei der Suche teilt ihr euch in kleine Gruppen auf. Du ziehst mit dem Knecht los, dem du mit den Tieren geholfen hast. Vorsichtig betretet ihr eine Höhle.

Plötzlich hört ihr ein unheimliches Heulen und dir gefriert das Blut in den Adern. Der Knecht gerät in Panik und flieht. Und du?

**Wenn du dich nicht abschrecken lässt,
lies weiter auf Seite**   **60**

**Wenn du die Höhle lieber verlässt,
lies weiter auf Seite**   **114**

Du brüllst dir die Seele aus dem Leib.

„Was soll das Theater?", schnauzt dich kurz darauf ein anderer Wachmann an, der schnaufend herbeigeeilt ist. Er ist sehr klein und dick.

Du erzählst ihm, was passiert ist. Dabei beeilst du dich, weil der Soldat, der den Dolch gestohlen hat, gerade wieder zu sich kommt.

„Schnell, du musst ihn verhaften!", flehst du den kleinen Wächter an.

Der Mann grinst nur. „Du Dummkopf! Ich werde doch nicht meinen besten Freund festnehmen – den Freund, mit dem ich mir die Beute teilen werde!"

Die Erkenntnis trifft dich wie ein Schlag in die Magengrube: Die beiden Wachmänner sind Komplizen! Deine Knie werden weich.

„Du hast den Falschen um Hilfe gebeten", sagt der Mann. Er nimmt dir den wertvollen Dolch ab und stößt dich in eine dreckige Zelle.

„Auf Nimmerwiedersehen!", knurrt er.

Die schwere Tür fällt dröhnend ins Schloss.

Ende

„Darf ich etwas sagen, mein Gebieter?", fragst du. „Es geht um den gestohlenen Dolch."

Der Herrscher stutzt. „Was kannst du elender Wurm schon darüber wissen?"

„Der Wachmann sagte, dass er von hinten niedergeschlagen wurde", beginnst du.

„Das weiß ich!", ruft der Maharadscha. „Langweile mich nicht, sonst landest du im Kerker!"

Du fährst unbeirrt fort: „Doch der Wachmann hatte eine Beule an der Stirn. Also kann er nicht von hinten angegriffen worden sein. Mit anderen Worten: Der Mann lügt."

Der Maharadscha starrt dich mit großen Augen an. „Du hast Recht!", sagt er dann. „Du bist ja doch klüger, als du aussiehst."

Dann lässt er die Wache festnehmen. Der Soldat gesteht, dass er einem Komplizen das Tor zu den Gemächern des Herrschers geöffnet hat. Zur Tarnung schlug der Dieb den Wachmann anschließend nieder.

Shah Jahan strahlt dich an. „Ich danke dir! Was willst du als Belohnung haben? Gold? Edelsteine? Du darfst dir alles wünschen."

„Ich wünsche mir, dass ich wieder mit meinem Elefanten Gopal arbeiten darf", sagst du.

„Das gestatte ich dir gern", antwortet der Maharadscha.

Ende

Du verbringst die Nacht unter einem riesigen Banyan-Baum. Am nächsten Morgen machst du dich auf die Suche nach der Karawane. Den ganzen Tag über irrst du durch die Gegend. Erst gegen Abend erfährst du in einem Dorf, dass hier vor Stunden eine Karawane vorbeigekommen ist. Sie wollte Richtung Westen.

Du schöpfst neue Hoffnung und treibst Gopal zur Eile an.

Kurz vor Einbruch der Dunkelheit näherst du dich einem Lagerplatz, an dem etliche Elefanten stehen. Dein Herz schlägt höher – ist das etwa die Karawane deines Vaters?

Du steigst von Gopals Rücken und näherst dich dem Lager vorsichtig zu Fuß.

Ja, da ist der Elefant deines Vaters!

In diesem Moment brechen mit Schwertern bewaffnete Räuber durch das Dickicht und stürmen auf den Lagerplatz zu.

Wenn du dich mit Gopal in die Schlacht wirfst, lies weiter auf Seite 14

Wenn du erst einmal Hilfe holst, lies weiter auf Seite 44

Selten hat sich dein Vater so gefreut, dich zu sehen. Rasch löst du die Fesseln.

Dann führst du die Mahuts zum Unterschlupf der Räuber.

Euer Angriff kommt mit Wucht und völlig überraschend für die Diebe. Ihr überrumpelt und fesselt sie. Nur wenige leisten Widerstand – sie haben keine Chance!

Tja, man sollte sich nie mit einem wütenden Mahut anlegen! Als die Mistkerle gut verschnürt sind, befreit ihr eure Elefanten.

Alle Mahuts bedanken sich bei dir und du wirst gefeiert wie ein Held!

Am Morgen führt ihr die Räuber zum nächsten Dorf, wo sie eingesperrt werden. Ihr setzt eure Reise nach Rajasthan ohne weitere Zwischenfälle fort.

Ende

Dein Vater sieht dich lächelnd an. „Mir scheint, du bist im rechten Moment gekommen. Doch eigentlich dürftest du gar nicht hier sein. Ich hatte dir befohlen, zu Hause zu bleiben, Kiran."
Von deinem Elefanten herab erwiderst du: „Ja, ich war ungehorsam. Aber wenn ich mich zu Hause verkrochen hätte, dann wäre diese Sache hier vielleicht ganz anders ausgegangen …"
Arjun nickt. „Da hast du Recht. Ich bin stolz auf dich, mein Sohn, und würde mich freuen, wenn du mit uns nach Rajasthan reiten würdest!"
Du rutschst von Gopals Rücken und fällst deinem Vater um den Hals: „Nichts lieber als das!"

Ende

110

Geduckt huschst du zu Gopal. Mit ihm willst du beginnen. Gopal schlackert begeistert mit den Ohren und legt seinen Rüssel um dich, als er dich erkennt. Du streichelst ihn kurz, doch dann machst du dich an die Arbeit.

Zunächst schaust du dir die Kette an, die aus vielen großen Gliedern besteht. Gibt es eine Schwachstelle? Im Mondlicht ist das kaum zu erkennen. Doch eine Stelle scheint rostig zu sein.

Dein Atem geht schneller. Du bohrst die Spitze des Ankus genau in die rostige Stelle, drückst und drehst. Es knirscht und mit einem *Pling!* zerspringt die Kette.

Ja!, jubelst du innerlich. Doch da hörst du das Quietschen einer Tür. Einer der Räuber muss seine Hütte verlassen haben.

**Wenn du hinter Gopal in Deckung gehst
und wartest,
lies weiter auf Seite** 11

**Wenn du dich auf Gopal schwingst
und zum Angriff übergehst,
lies weiter auf Seite** 89

Du nimmst deinen ganzen Mut zusammen und sprichst bei Shah Jahan vor. Deine Worte wählst du mit Bedacht, weil du genau weißt, dass es deine letzten sein könnten.

Als du fertig bist, herrscht völlige Stille im Zelt des Maharadschas.

Dann sagt der Herrscher mit donnernder Stimme: „Das sind schwere Vorwürfe, kleiner Mahut." Du schluckst, als dein Blick auf die Schwerter der Soldaten fällt, die neben Shah Jahan stehen.

„Doch ich glaube dir", fährt der Maharadscha zu deiner unendlichen Erleichterung fort. „Ich habe mich mit Alamgir schon vor längerer Zeit zerstritten und einen seiner jüngeren Brüder als Thronfolger auserkoren. Gut möglich, dass Alamgir mich daher aus dem Weg räumen will."

Der Maharadscha dreht sich zu seinen Wachmännern und erteilt mehrere Befehle: Seine Soldaten sollen das Dorf von Vimal stürmen und die Verschwörer festnehmen. Und ein Bote soll zum Palast reiten und Alamgir von den dortigen Wachen verhaften lassen.

So geschieht es.

Am nächsten Morgen setzt ihre eure Suche nach dem Tiger fort, doch ohne Vimal findet ihr ihn nicht.

Dennoch wertet der Herrscher die Expedition als Erfolg – denn dank dir wurde der Anschlag auf sein Leben verhindert. Shah Jahan überschüttet dich zum Dank mit Gold und Juwelen!

Ende

Kurz darauf belädst du im Hof eine Trage mit Feuerholz. Da läuft plötzlich der Bote an dir vorbei, der vorhin bei Chandra war. Du willst ihm gerade folgen, als du eine große Karawane bemerkst, die auf den Palast zumarschiert. Angeführt wird sie von einem prächtigen Elefanten, der einen Thron trägt. Sitzt dort oben etwa der Maharadscha?

Wenn du versuchst,
Shah Jahan zu sehen,
lies weiter auf Seite   19

Wenn du dich lieber
an die Fersen des Boten heftest,
lies weiter auf Seite   69

Du schläfst selig. Doch nach ein paar Stunden weckt dich lautes Geschrei. Alarmiert fährst du von deiner Matte hoch. Im Licht der Fackeln erkennst du, dass euer Lager angegriffen wird!

Die Soldaten scharen sich um das Zelt des Maharadschas und verteidigen es. Pfeile surren durch die Luft, Schwerter und Krummsäbel blitzen auf. Männer sinken zu Boden.

Gopal wird nervös und trompetet vor Angst. Rasch führst du ihn aus der Schusslinie, bringst ihn und dich in Sicherheit.

Verborgen hinter einem Baum beobachtest du, wie die Angreifer zurückgeschlagen werden. Vermutlich handelt es sich um Räuber, die gehofft haben, reiche Beute zu machen.

Am nächsten Tag setzt ihr euren beschwerlichen Weg fort. Vimal führt euch zu einem reißenden Strom.

„Wir müssen dort hinüber", sagt er. „Auf der anderen Seite werden wir den weißen Tiger finden."

Das ist doch viel zu gefährlich!, denkst du. Das tosende Wasser könnte euch alle mitreißen! Du bist an einem Fluss groß geworden, deshalb kennst dich mit Strömungen aus.

**Wenn du den Maharadscha warnst,
lies weiter auf Seite**　　64

**Wenn du schweigst,
lies weiter auf Seite**　　85

„Was seid ihr nur für Angsthasen!", lachen euch die anderen aus, als ihr wieder aus der Höhle tretet.

Mag ja sein, denkst du dir. Aber ich bin lieber ein Angsthase als tot. Wer weiß, was für ein Wesen in der Höhle lauert!

Der Maharadscha schickt zwei seiner Soldaten mit gezückten Krummschwertern in die Höhle. Ihr wartet gespannt.

Plötzlich ertönt ein grässlicher Schrei, gefolgt von einem weiteren. Dann herrscht Stille.

Totenstille.

Shah Jahan jagt die nächsten Soldaten in die Grotte. Auch sie kehren nicht zurück …

Nun macht sich Unruhe breit, niemand will mehr nach dem Rubin suchen. Auch dem Maharadscha scheint mulmig zumute zu sein.

„Was immer da drin ist, es ist zu mächtig", murmelt er.

Dann befiehlt er den Rückmarsch.

Du bist unendlich erleichtert. Ihr habt zwar den Rubin nicht gefunden, aber du hast diese höchst gefährliche Expedition überlebt – und das ist das Wichtigste!

Ende

Die Wachen? Gute Idee!, denkst du. Du wirst die Männer überzeugen, dass sie das Haus von Naresh und seiner schlagkräftigen Frau durchsuchen sollten – wenn sie dabei die Edelsteine finden, seid ihr aus dem Schneider.

Kurze Zeit später poltern drei Soldaten des Maharadschas in das Gasthaus.

Naresh und seine Frau beschuldigen euch, eingebrochen zu sein.

Du willst das Wort ergreifen, um dich und Sunita zu verteidigen. Doch die Wachen wollen gar nicht hören, was ihr zu sagen habt.

Stattdessen stecken sie euch direkt ins Verlies! Damit hast du nicht gerechnet. Das ist euer

Ende

Du verbirgst dich in einer dunklen Ecke, in der der Mann dich nicht entdecken kann. Als er an dir vorbeigegangen ist, setzt du deine Flucht fort und gelangst schließlich wieder ans Tageslicht.

Du stehst im großen Innenhof der Palastanlage und schaust dich ängstlich um. Doch niemand beachtet dich. Vermutlich hält man dich für einen Diener.

Was nun? Du bemerkst, dass du den wertvollen Dolch immer noch in der Hand hältst. Schnell verbirgst du ihn unter deinem Dhoti und beschließt, zum Maharadscha zu gehen.

Eine gewagte Entscheidung! Denn wenn er dir nicht glaubt, wird er keine Gnade kennen.

Shah Jahan empfängt dich sofort. Auf Knien rutschst du zu seinem Thron. Dein Herz hämmert, als du den Dolch hervorziehst und ihn dem Herrscher reichst. Dabei berichtest du, wie du in seinen Besitz gelangt bist.

„Und das soll ich dir glauben?", fragt Shah Jahan.

„Ja, mein Gebieter", erwiderst du. „Denn wenn ich der Dieb wäre, dann hätte ich aus dem Palast fliehen können. Doch ich bin zu Euch gekommen …"

Der Maharadscha denkt über deine Worte nach. „Ich glaube, dass du die Wahrheit sagst", antwortet er schließlich. „Und ich bin dir sehr dankbar."

Er ruft seinen Schatzmeister und befiehlt ihm: „Gib dem Burschen so viel Gold, wie er tragen kann!"

In diesem Augenblick bist du der glücklichste Junge in ganz Agra. Oder in ganz Indien. Nein, auf der ganzen Welt!

Ende

Entsetzt drehst du um und rennst um dein Leben. In deiner Panik vergisst du jedoch die Schlangengrube und stürzt hinein.

Verzweifelt versuchst du zu entkommen, aber da beißt dich eins der giftigen Tiere ins Bein. Das ist dein

Ende

118

Du packst etwas Proviant ein und reitest der Karawane auf Gopal hinterher. Soll dein kleiner Bruder doch mit einem anderen Elefanten üben. Gopal ist dein Tier, ihr seid die besten Freunde!

Während des Ritts hältst du immer genügend Abstand, damit die anderen Mahuts dich nicht bemerken.

Unterwegs fragst du dich, wie du deinen Vater wieder umstimmen kannst.

Du bist so in Gedanken versunken, dass du nicht bemerkst, wie die Karawane an einer Kreuzung abbiegt. Ohne einen Befehl von dir, trottet Gopal einfach weiter geradeaus.

Nach ein paar Kilometern fällt dir endlich auf, dass du die Karawane aus den Augen verloren hast. Und nun? Es wird bereits dunkel …

Da siehst du den Lichtschein eines Lagerfeuers.

Wenn du zum Lagerfeuer reitest, lies weiter auf Seite **45**

Wenn du es nicht tust, lies weiter auf Seite **106**

**Leseprobe aus dem
Ravensburger Taschenbuch 52516
„1000 Gefahren im Fußballstadion"
von Fabian Lenk**

Rio, die Millionenstadt am Zuckerhut, liegt im Fieber. Im Fußball-Fieber! Denn gerade hat die Weltmeisterschaft begonnen. Jeder Fußballfan auf der Welt schaut derzeit nach Brasilien und drückt seinem Lieblingsteam die Daumen.

Natürlich bist auch du als Brasilianer Feuer und Flamme für dieses Turnier, an dem zweiunddreißig Mannschaften teilnehmen werden. Holen die Brasilianer wieder den Titel, wie bereits fünfmal und zuletzt 2002? Die Chancen stehen gut. Ihr habt einfach die größten Stars, die coolsten Dribbler, die besten Künstler am Ball. Aber die Konkurrenz ist groß, das weißt du: Das deutsche Team ist fantastisch. Und der Titelverteidiger Spanien hat wieder eine starke Mannschaft aufgestellt. Aber auch die Franzosen und die Italiener sind nicht zu unterschätzen.

Du stehst am Fenster des Hochhauses, in dem du mit deiner Familie lebst. Es liegt im Stadtteil Copacabana. Aus eurer Wohnung im elften Stock hast du einen sensationellen Blick auf den vier Kilometer langen und halbmondförmigen Strand Praia de Copacabana und den Atlantischen Ozean. Die Sonne scheint und durch das offene Fenster dringt Musik: Samba und Bossa nova.

Fast täglich kickst du mit deinen Freunden am Strand. Ihr seid schon richtig gut. Wenn ihr spielt, kommen viele Zuschauer und feuern euch an.

Insgeheim träumst du davon, von einem Talentscout entdeckt und auch ein Megastar zu werden.

Lies weiter auf Seite

Auf deinem Gesicht erscheint ein breites Lächeln.

Mann, das wär's! In Brasilien gibt es einzigartige Fußballinternate, in denen junge Talente von Toptrainern ausgebildet werden. Vielleicht bist du ja auch eines dieser Talente. Schließlich sagen alle über dich, dass du echt was draufhast. Vor allem, weil du mit beiden Füßen schießen kannst.

„Pedro, was ist? Kommst du nun mit oder nicht?", ruft in diesem Moment dein Vater.

Du schreckst aus deinen Tagträumen hoch. Dein Vater Tomás ist Reporter bei einer großen Tageszeitung und natürlich für dieses Turnier akkreditiert. Das heißt, dass er zu jedem Spiel gehen kann, etwa ins Estádio do Maracanã, das Stadion von Rio de Janeiro. Auch an die Spieler kommt er ganz nah heran. Heute zum Beispiel führt er ein Interview mit dem brasilianischen Weltstar Emiliano. Netterweise hat Tomás dich für die Dauer der WM als Praktikant in seine Zeitung eingeschleust – auch du bist akkreditiert! Deine Freunde beneiden dich.

„Pedro?"

Hm, ein Interview … Du schaust auf die Uhr. In einer halben Stunde bist du eigentlich mit deinem Kumpel José am Strand zum Fußballspielen verabredet. Und während eines so großen Turniers sind besonders viele Talentscouts in der Stadt …

**Wenn du deinen Vater begleitest,
lies weiter auf Seite**

42

**Wenn du dich lieber mit José triffst,
lies weiter auf Seite**

38

Du versteckst dich in einem Türrahmen. Der Motorenlärm schwillt an, gleich sind die Kerle auf deiner Höhe! Über den Haufen fahren können sie dich jetzt wohl kaum. Wahrscheinlich wollen sie dich nur einschüchtern.
Plötzlich gibt die Tür hinter dir nach und du fällst rücklings in einen düsteren Flur.
Gleichzeitig donnern die Crossmaschine und das Moped an dem Eingang vorbei. Du rappelst dich auf und registrierst, dass der Motorenlärm erstirbt.

**Wenn du auf die Straße schaust,
lies weiter auf Seite** 63

**Wenn du dich ins Haus zurückziehst,
lies weiter auf Seite** 74

Nach dem Training gehst du noch mit José baden.

„Wow, ich freue mich so auf das Spiel morgen gegen England!", sagst du.

„Und ich erst", erwidert dein Kumpel. Dann vereinbart ihr, um welche Uhrzeit ihr euch am Estádio do Maracanã treffen wollt. Tomás möchte euch mit auf die Pressetribüne nehmen. Am nächsten Tag ist es drückend schwül. Zehntausende von Fans sind im Stadion, immer wieder schwappt die La-Ola-Welle über die Tribüne. Fahnen werden geschwenkt. Alle Fans sind friedlich, die Spannung steigt. Ihr sitzt mit Tomás auf der Pressetribüne und habt eine optimale Sicht aufs Feld. Die Nationalhymnen werden gespielt.

Und dann – endlich – der Anstoß! Der Jubel schwillt an. Das brasilianische Mittelfeld-Ass Emiliano treibt die Kugel nach vorn, ein Übersteiger, noch einer, dann ein Lupfer aus dem Fußgelenk auf den begnadeten Stürmer Sesinho – eine kurze Körpertäuschung, der englische Verteidiger grätscht ins Leere. Sesinho zieht ab und – du siehst gar nichts, weil sich genau in diesem Moment ein riesiger britischer Reporter vor dich stellt. Offenbar arbeitet der Kerl gern im Stehen …

„Mist, knapp daneben!", hörst du José fluchen.

Tja, das erste Highlight des Spiels hast du leider verpasst.

Wenn du den Reporter bittest,
sich hinzusetzen,
lies weiter auf Seite
26

Wenn du das nicht tust,
lies weiter auf Seite
60

So einfach lässt sich dieser Bruno nicht überrumpeln. Doch du hast noch eine andere Idee. Der Plan ist kühn – aber er könnte gelingen!

„Kann ich Sie mal unter vier Augen sprechen?", fragst du den Reporter.

„Wenn's sein muss …", ächzt Bruno.

Ihr zieht euch in einen Konferenzraum zurück. Dort konfrontierst du Bruno erneut mit deinen Vorwürfen.

Der Mann wird richtig sauer. „Das geht dich überhaupt nichts an! Ich verkaufe meine Story, an wen ich will. Du und dein Vater – ihr seid ja nur neidisch auf meine Topstorys, so wie die über den Bestechungsskandal."

Du lässt nicht locker. „Also geben Sie es zu: Sie haben diesen Text unter einem anderen Namen an die Konkurrenz verkauft."

Bruno lächelt. „Na und? Das kann niemand beweisen. Und du schon gar nicht."

Er lässt dich einfach stehen und rauscht aus dem Raum.

Nicht beweisen? Jetzt bist du es, der lächelt. Denn du hast das Gespräch heimlich mit deinem Handy aufgenommen. Damit gehst du jetzt zu Tomás und dem Chefredakteur. Brunos miese Spielchen sind ein für alle Mal vorbei, du hast ihn überführt!

Ende

Lucas ist ein harter Hund, er jagt euch in der Hitze über den Platz, den ihr euch im Sand abgesteckt habt. Der Schweiß rinnt in Strömen, aber euer Trainer kennt keine Gnade. Immer wieder Sprints mit Ball, ohne Ball.

Du bist völlig außer Atem, aber Lucas lächelt nur hinter seiner riesigen Sonnenbrille.

„Ist das alles, Jungs?", hörst du ihn rufen.

Jetzt sollst du an der Außenlinie entlanghecheln und immer wieder Flanken ins Zentrum schlagen, die dein Kumpel José per Kopfball verwerten soll.

Du rennst los – vor dir glitzert verführerisch der Atlantik. Oh, wie schön wäre es, jetzt einfach weiterzurennen, bis du im Meer bist!

„Schneller, Pedro! Schneller, du lahme Schnecke!", schimpft Lucas.

Schnecke? Du? Das ist zu viel!

**Wenn du auf Lucas pfeifst
und ins Meer stürmst,
lies weiter auf Seite**

83

**Wenn du lieber Flanken trainierst,
lies weiter auf Seite**

21

Ravensburger Bücher

Geniale Pässe

ISBN 978-3-473-**52516**-4

Hammerharte Schüsse

ISBN 978-3-473-**52361**-0

www.ravensburger.de

Ravensburger Bücher

Starke Gladiatoren

ISBN 978-3-473-**52498**-3

Gefährliche Pläne

ISBN 978-3-473-**52501**-0

www.ravensburger.de